ANDRZEJ MALESZKA

MAGICZNE DRZEWO

ANDRZEJ MALESZKA

MAGICZNE DRZEWO

CZAS ROBOTÓW

ILUSTRACJE

ANDRZEJ MALESZKA

znak emotikon

KRAKÓW 2018

Projekt okładki i ilustracje
Andrzej Maleszka

Opieka redakcyjna
Dorota Gruszka

Adiustacja
Anna Szulczyńska

Korekta
Anna Szulczyńska
Judyta Wałęga

Projekt typograficzny
PARASTUDIO

Łamanie
Irena Jagocha

Fotografie bohaterów: Maciej Mańkowski, Wojciech Karliński
Na okładce i ilustracjach wykorzystano fragmenty zdjęć autorstwa:
© Tiffany Leung / EyeEm / Getty Images
© Sarah Holmlund, © Dave Primov, © Ociacia, © Dudarev Mikhail, © Ase, © mooremedia, © Christopher RD Photograhy, © Carlos Caetano, © 2C2C, © WO / Shutterstock
© Wavebreakmedia, © Davut Akbulut, © dstaerk, © Clivia, © adogslifephoto / iStock
© Mykola Velychko, © Rostislav Glinsky, © Linqong, © Patryk Kosmider / Dreamstime
© Milan Gonda, © Jannis Tzimopulos / Alamy Stock Photo
© farinosa, © Thomas Gowanlock / 123 RF
© TsuneoMP / Depositphotos
© mighty_mestophales / DAZ 3D
© roman3dd / TurboSquid
Mechaniczny słoń: © Zeppelin Creative Studio
Osy: © Alvaro San Juan

ISBN 978-83-240-5097-0

Książki z dobrej strony: www.znak.com.pl
Więcej o naszych autorach i książkach: www.wydawnictwoznak.pl
Społeczny Instytut Wydawniczy Znak, 30-105 Kraków, ul. Kościuszki 37
Dział sprzedaży: tel. (12) 61 99 569, e-mail: czytelnicy@znak.com.pl
Wydanie I, Kraków 2018. Druk: Colonel, Kraków

W dwutysięcznym roku nad doliną Warty przeszła straszliwa burza. Trwała bez przerwy przez trzy dni i trzy noce. Przerażone zwierzęta kryły się w najgłębszych norach. Małe dzieci chowały głowy pod poduszki, by nie słyszeć nieustającego huku grzmotów. W wielu domach zgasło światło, a dachy porwała wichura.

Trzeciego dnia piorun uderzył w olbrzymi stary dąb rosnący na wzgórzu. Drzewo pękło i runęło na ziemię. Zadrżały domy w całej dolinie, a burza natychmiast ustała.

Nie był to zwyczajny dąb. Było to Magiczne Drzewo. Miało w sobie ogromną, cudowną moc, lecz wtedy nikt o tym nie wiedział.

Ludzie zawieźli je do tartaku i pocięli na deski. Z drewna zrobiono setki różnych przedmiotów, a w każdym przedmiocie została cząstka magicznej mocy. W zwyczajnych rzeczach ukryła się siła, jakiej nie znał dotąd świat. Wysłano je do sklepów i od tego dnia na całym świecie zaczęły się niesamowite zdarzenia.

CZAS ROBOTÓW

Na peryferiach Neapolu stał budynek pomalowany czerwoną farbą. Od ścian odpadał tynk, a w oknach były wybite szyby. Nad drzwiami wisiał krzywy szyld: HOTEL NEAPOLITANO W REMONCIE. Na dach wszedł kilkunastoletni chłopak. Miał jasne włosy, które rozwiewał wiatr. Patrzył z góry na ludzi idących ulicą.

– Wszyscy będziecie robotami – wyszeptał. – Zamienię was w maszyny. Dorosłych i dzieci! I zwierzęta! Wszystkich! Czas ludzi już się kończy. Teraz nadchodzi czas robotów! Bo tylko maszyny się nie męczą i nie chorują. I zawsze wykonują rozkazy. Moje rozkazy!

Nastolatek podszedł do krawędzi dachu i krzyknął:

– Przysięgam! Wszyscy będziecie robotami! Tak jak ja*.

---

* Opis wcześniejszych zdarzeń i inne ważne informacje znajdziecie w specjalnym rozdziale na stronie 446.

HOTEL NEAPOLITANO

Kotka Alfa skradała się ulicą. Starała się kryć w gęstych cieniach pod ścianami domów. Gdy przebiegała przez słoneczne plamy, jej białe futerko lśniło. Za Alfą podążał czarny kot Romeo.

Nagle kotka się zatrzymała. Patrzyła uważnie na czerwony dom po drugiej stronie ulicy.

Romeo podbiegł do niej i także tam spojrzał.

Na dachu domu stał jasnowłosy chłopak. Mówił coś, wymachując rękoma. Po chwili odwrócił się i przez okno w dachu wszedł do budynku.

Alfa miauknęła. Romeo kiwnął głową. Koty podbiegły do czerwonego domu. Obok rosło wysokie drzewo. Koty błyskawicznie wspięły się na pień. Wdrapały się na najwyższą gałąź i zaczęły się po niej skradać. Miękkie kocie łapki stąpały bezszelestnie. Alfa i Romeo dotarły do okna i wskoczyły na parapet. Zajrzały do wnętrza.

Przez pękniętą szybę zobaczyły pokój z dwoma łóżkami. Leżeli na nich chłopiec i dziewczyna. Byli zupełnie nieruchomi, lecz nie spali. Mieli szeroko otwarte oczy i patrzyli w jeden punkt na suficie jak zahipnotyzowani.

Alfa zastukała łapką w szybę.

Dzieci powoli odwróciły głowy i spojrzały w okno. Dostrzegły koty. Dziewczyna zmarszczyła czoło, jakby próbowała sobie coś przypomnieć.

– Alik... – wyszeptała. – Tam są koty... Czy pa... mię...tasz je?

Chłopiec patrzył niepewnie.

– Nie, Idalia, nie pa...mię...tam – powiedział. Słowa wypowiadał powoli, z trudem. – Nie wolno nam pamiętać. Nie wolno nam myśleć. Nasz pan nie pozwala... Musimy być posłuszni...

– Tak – szepnęła Idalia. – Musimy być posłuszni. Zawsze posłuszni...

Dzieci obróciły głowy i znów bezmyślnie gapiły się w sufit.

Koty miauknęły cicho. Zeskoczyły z parapetu na gałąź. Stamtąd dały susa na chodnik i pobiegły ulicą.

Pociągiem pospiesznym z Rzymu do Neapolu jechała kobieta w okularach. Obok siedziała mała dziewczynka. Trzymała w rękach tablet i krzyczała:

– Smok pożarł Kornelię! Jednak potwór jest wciąż głodny. Idzie zjeść Julkę. Ale Julka jest zaczarowaną królewną. Wypowiada zaklęcie i robi się supersilna. Daje potworowi takie lanie, że drań ryczy: „Litości! Ratunku!!!".

– Julka! – jęknęła kobieta w okularach. – Czy możesz przestać się wydzierać?

– Matylda, ja się nie wydzieram – odpowiedziała spokojnie dziewczynka. – Ja opowiadam bajkę.

– Nie jesteś w domu, tylko w pociągu – mruknęła kobieta. – Opowiadaj po cichu!

– Po cichu się nie nagra – powiedziała Julka.

– To wyłącz ten głupi tablet.

– Nie mogę. Ja nagrywam wszystkie bajki, jakie wymyślam.

– A ja jestem twoją opiekunką i każę ci go wyłączyć. Poza tym jesteś za mała, żeby cały czas gapić się w ekran.

– Nie jestem mała! – oburzyła się Julka.

– Masz pięć lat.

– Więcej!

– Nie oszukuj. Masz pięć! – Opiekunka chwyciła tablet. – Pstryk, wyłączamy. Dziecko siedzi grzecznie i patrzy w okno.

– Skasowałaś mi bajkę! – zawołała Julka. – Nie będę się do ciebie odzywać!

– Dzięki Bogu – mruknęła kobieta i zasłoniła się gazetą.

Przeczytała tylko jedno zdanie, bo dziewczynka zapytała:

– Matylda, jak długo będziemy jeszcze jechać tym głupim pociągiem?

– Miałaś się nie odzywać.

– Powiedz!

– A gdzie jest magiczne słowo „proszę"? – spytała opiekunka.

– Prosię – powiedziała Julka.

– Powiedz „proszę".

– Proszek!

– Poproś naprawdę.

– No dobra – westchnęła Julka. – P… R… O… Szę. No więc kiedy dojedziemy?

– Dokładnie nie wiem – odpowiedziała kobieta. – Chyba za godzinę. Ale potem będziemy płynąć wiele godzin promem.

– Przecież wiem – prychnęła dziewczynka. – Już tam byłam.

– Skoro wszystko wiesz, to po co pytasz? I błagam cię, nic nie mów choć przez minutę...

– Nie lubię cię – powiedziała Julka.

– Trudno!

– Nudno!

– Siedź cicho!

– Brudno! Głupiówno! Ohydnówno! – nuciła dziewczynka. – Brzydnówno! Śmierdziówno! Sikówno! O, jakie fajne słowo wymyśliłam: sikówno! Naprawdę jest faj...

– Proszę o bilety do kontroli.

Julka i jej opiekunka obróciły głowy. W drzwiach przedziału stał konduktor.

– Proszę o bilety.

– Już... Zaraz...

Kobieta zaczęła nerwowo szukać w torebce. Potem w kieszeniach. Nie znalazła biletów.

– Ja wiem, gdzie one są – powiedziała Julka.

Opiekunka zerknęła na nią.

– Wiesz, gdzie są bilety?

– Tak.

– Powiedz.

– Miałam się nie odzywać.

– Mów!

– A gdzie jest magiczne słowo „proszę"? – spytała szybko Julka.

– Proszę! – jęknęła kobieta.

– Bilety są… Są… Są… Są…

– Gdzie? No gadaj!!!

– Pod tobą, Matylda. Siedzisz na nich.

– Co!?

Opiekunka zerwała się. Faktycznie, pogniecione bilety leżały na siedzeniu. Speszona kobieta podała je konduktorowi. Ten przedziurkował bilety. Zerknął na Julkę i spytał:

– To pani córeczka?

– Kuzynka. Odwożę ją na Sycylię, do babci. Ma u niej spędzić wakacje.

Julka uśmiechnęła się promiennie do konduktora.

– Czy mogę o coś spytać?

– Słucham.

– Niech pan powie, kiedy *naprawdę* dojedziemy! Proszę!

– Niedługo, moja mała.

– A nie umie pan powiedzieć dokładnie? Nie zna się pan na zegarku czy co? „Niedługo” to może być chwilka albo milion chwilek. To jest bez sensu!

Konduktor zerknął niepewnie na Julkę, a potem na zegarek.

– Dojedziemy za pięćdziesiąt trzy i pół minuty. Czy to wystarczająco dokładnie?

– Tak, dzięki – westchnęła Julka. – W tej sytuacji muszę opowiedzieć sobie nową bajkę, bo inaczej umrę z nudów. Bajka będzie o dziewczynce, która jak powie „proszę”, to każde jej życzenie się spełnia. Na przykład kiedy powie: „Proszę zjeść Matyldę”, to pan zaraz połknie moją kuzynkę. Fajny pomysł?

Konduktor nie odpowiedział. Szybko wycofał się z przedziału.

– Miaau… Mijuuuu.

– Gadajcie wolniej, miauczaki! – zawołał Budyń. – Nauczyłem się trochę waszego języka, ale jak miauczycie za szybko, to nie nadążam! Rozumiecie?

Biała Alfa i czarny Romeo kiwnęły łepkami. Koty stały przed kundelkiem wyprężone na baczność jak żołnierze przed generałem.

– No więc mówcie powoli! – zawołał Budyń. – Czy na pewno widzieliście Alika i Idę?

– Miauk – odpowiedziały krótko koty.

– I ten wredny Android jest z nimi?

Koty przytaknęły.

– Traficie do tego domu? – spytał kundelek.

– Miauk.

– No to prowadźcie. Tylko idźcie kilka kroków przede mną. Bo rozumiecie, trochę głupio, żeby porządny pies włóczył się z kotami.

Koty pobiegły uliczką.

Budyń odczekał chwilę i ruszył za nimi. Był bardzo zdenerwowany. Od kilku dni szukał w Neapolu porwanych przyjaciół. Przewędrował setki ulic, węsząc i zaglądając na każde podwórko. Ale nawet jego genialny nos nie potrafił wyczuć, gdzie są uwięzieni Alik i Idalia. Dwa koty, Alfa i Romeo, także szukały dzieci. Właziły w miejsca niedostępne dla Budynia. Wspinały się na wysokie drzewa i zaglądały w okna.

Kundelek i koty spotykali się codziennie obok pizzerii Di Matteo, żeby przekazać sobie wiadomości. Zawsze były takie same: dzieci nigdzie nie ma!

Aż dzisiaj koty wreszcie odnalazły porwanych! Z tego, co miauczały, wynikało, że Ida i Alik są niedaleko, w jakimś zrujnowanym domu. Jeśli to prawda, Budyń spróbuje ich uwolnić.

Wiedział, że nie będzie to proste. Magiczny rozkaz zmienił Alika i Idę w niewolników robota. Budyń musi najpierw znaleźć berło i wyzwolić dzieci spod działania czaru. A to będzie trudniejsze niż otwarcie drzwi więzienia.

Alfa i Romeo pędziły ulicą jak małe lamparty. Kundelek ledwo za nimi nadążał. Minęli kilka przecznic i koty zatrzymały się przed domem pomalowanym czerwoną farbą.

– To jest tutaj? – spytał zasapany kundelek.

– Miauk.

Budyń przyjrzał się uważnie budynkowi. Wyglądał na opuszczony. Psiak podszedł ostrożnie do drzwi i zaczął węszyć.

– Oni naprawdę tu są! – szepnął. – Czuję ich zapach. Bardzo słaby, jednak czuję go. Ale jak tam wejść?

Drzwi nie miały od zewnątrz klamki.

– Miaui miiiu – powiedziała Alfa.

– Co mówisz? – spytał kundelek. – Że otworzycie te drzwi? W jaki sposób?

W odpowiedzi koty podbiegły do okna obok wejścia. Miało wybitą szybę. Koty dały susa na parapet, a stamtąd wskoczyły do wnętrza.

Przyjrzały się uważnie drzwiom. Od wewnątrz była klamka. Romeo skoczył i uwiesił się na niej. Alfa złapała jego ogon. Klamka powoli opadła, drzwi otworzyły się z cichym trzeszczeniem.

Kundelek wsunął się do wnętrza.

Znalazł się w holu zaśmieconym papierami. Obok drzwi stała zakurzona lada z napisem: RECEPCJA, a za nią tablica z wiszącymi kluczami. W głębi były popękane drewniane schody.

„To chyba jakiś nieczynny hotel – pomyślał Budyń. – Ten drań Android uwięził tu Idę i Alika".

Kundelek zaczął węszyć. Poczuł słaby zapach dzieci dochodzący z góry.

Dał znak kotom, by poszły za nim, i zaczęli się wspinać po drewnianych schodach. Budyń starał się iść jak najciszej, ale potrącił puszkę po farbie. Stoczyła się ze schodów z głośnym stukaniem.

Koty i pies zastygli. Nadsłuchiwali, czy ktoś nie idzie. Cisza... Nikt się nie pojawił.

Budyń kiwnął ogonkiem. Ruszyli dalej. Dotarli na piętro, na którym był długi korytarz z drzwiami po obu stronach.

Budyń znowu zaczął węszyć. Zapach dzieci dochodził z pokoju na końcu korytarza. Pobiegli tam. Drzwi były uchylone. Budyń zajrzał i omal nie krzyknął.

Zobaczył Alika i Idalię.

Leżeli na łóżkach. Mieli otwarte oczy i wpatrywali się w sufit. Nie byli przywiązani, ale Budyń wiedział, że krępuje ich czar mocniejszy od łańcucha.

Kundelek rozejrzał się, sprawdzając, czy gdzieś nie leży berło. Nie było go. Zobaczył tylko ustawione w kącie lustro i dużą metalową walizę. Dał znak kotom, by zostały na straży przed drzwiami, a sam wszedł do pokoju.

– Ida, Alik, obudźcie się – szepnął. – To ja, Budyń! Przyszedłem was uwolnić!

Dzieci powoli odwróciły głowy i spojrzały na psiaka. Sprawiały wrażenie, jakby go nie poznawały.

– Ej... Ruszcie się – pisnął kundelek. – Wiem, że on was zaczarował, ale musicie się z tego wyzwolić. No dalej, wstańcie i zwiewajmy stąd.

Żadnej reakcji. Dzieci leżały nieruchomo.

Budyń wskoczył na łóżko Idalii. Pociągnął ją za rękaw.

– Ida, wstań!

Dziewczyna uniosła głowę i spojrzała na Budynia.

– Kim ty jesteś? – spytała cicho.

– To ja, Budyń! Nie pamiętasz mnie?

– Nie... – szepnęła Idalia. – Nie wolno pamiętać... Nie wolno myśleć...

Głowa Idalii opadła na poduszkę. Dziewczyna znów patrzyła w sufit.

Budyń przeskoczył na łóżko Alika.

– Wstawaj! Musimy stąd uciekać!

Chłopiec patrzył na psiaka. Widać było, że bezskutecznie próbuje sobie go przypomnieć.

Kundelek zawołał rozpaczliwie:

– Ida! Alik! Przecież musicie mnie pamiętać. Jestem Budyń! No wiecie. Śmieszny kundel! Razem walczyliśmy z robotem. Nie pamiętacie? Czasem ja was ratowałem. A czasem wy mnie. No i teraz chcę was uratować, ale musicie mi pomóc!

Dzieci nie reagowały. Gapiły się bezmyślnie w sufit.

– O rany! – jęknął Budyń. – Ten wredny robot całkiem ich ogłupił!

Patrzył bezradnie na dzieci, nie wiedząc, co zrobić.

Nagle koty miauknęły ostrzegawczo. Kundelek usłyszał stukot kroków na schodach. Ktoś nadchodził.

– Android tu idzie – jęknął Budyń. – Musimy zwiewać! Alik, Ida... Wrócę po was. Przysięgam!

Odgłos kroków był coraz głośniejszy. Ktoś szedł korytarzem. Zbliżał się.

Koty wbiegły do pokoju i wskoczyły na parapet okna. Szyby były wybite. Obok rosło drzewo. Koty dały susa i wylądowały na gałęzi.

Budyń też wskoczył na parapet. Spojrzał w dół i zadrżał. Do ziemi było chyba dziesięć metrów, a Budyń nie potrafił chodzić po drzewach!

Jednak koty nie zostawiły kundelka. Alfa miauknęła głośno.

– Co!? – spytał Budyń. – Mam złapać twój ogon i iść po gałęzi? Spadnę. Nie jestem kocurem!

Alfa syknęła ponaglająco.

Kroki na korytarzu zbliżały się.

Kundelek, trzęsąc się ze strachu, skoczył na konar. Omal nie spadł. Złapał zębami ogon kotki, ale bał się ruszyć dalej.

W tej chwili stuknęły drzwi. Budyń obejrzał się. Zobaczył jasnowłosego chłopaka wchodzącego do pokoju.

Budyń natychmiast go poznał. To był robot! Android! Wyglądał jak zwykły nastolatek, ale był mechanicznym potworem udającym człowieka. Android miał w ręku berło. Na razie nie zauważył Budynia i kotów stojących na konarze drzewa. Ale wystarczy, że spojrzy w okno…

„Zaraz mnie zobaczy – jęknął w myśli psiak. – Użyje berła i zmieni mnie w kamień albo w kocią kupę. Musimy uciekać. Trudno, najwyżej spadnę…"

Alfa miauknęła i zaczęła iść po gałęzi. Budyń ruszył za nią. Ściskał w zębach koci ogon. Z boku podtrzymywał go Romeo. Tylko dzięki temu kundelek nie zleciał.

Zeszli na niższą gałąź, a potem kotka skoczyła w dół. Budyń pofrunął razem z nią. Na szczęście wylądowali na stercie skoszonej trawy.

W tej chwili z okna wyjrzał Android. Rozglądał się podejrzliwie. Jego oczy błyszczały jak ledowe żarówki.

Nie dostrzegł kotów ani Budynia, którzy zdążyli się ukryć za pniem drzewa.

Robot odwrócił się. Patrzył uważnie na Idę i Alika.

– Czy ktoś tu był? – spytał.

Człekokształtny robot miał niemal ludzki głos. Nieco szorstki i metaliczny, ale prawie nie do odróżnienia od głosu człowieka.

– Czy ktoś tu był? – powtórzył groźnie. – Mówcie!

Dzieci milczały.

– Wstańcie i chodźcie ze mną – rozkazał Android. – Zabierzcie lustro i kufer. Dziś będzie wielki dzień! Wyruszamy!

Kundelek i koty siedzieli skuleni za pniem drzewa. Budyń zastanawiał się, co robić dalej. Zanim coś wymyślił, otworzyły się drzwi czerwonego domu.

Wyszli Alik i Ida. Dziewczyna dźwigała lustro. Alik niósł wielką metalową walizę. Za nimi podążał Android. Trzymał w ręku berło.

Podeszli do czarnej ciężarówki zaparkowanej przed hotelem. Robot wyszeptał rozkaz i drzwi auta się otworzyły. Android zajął miejsce kierowcy. Dzieci usiadły obok niego. Lustro i walizę położyły za oparciem.

Robot uniósł rękę. Wewnątrz dłoni miał ekran! Mały monitor wtopiony w plastikową skórę. Dotknął go. Na ekranie pojawił się plan miasta. Robot uważnie go obejrzał, a potem uruchomił silnik samochodu.

Wtedy Budyń wyskoczył zza drzewa i pobiegł na tył ciężarówki. Alfa i Romeo ruszyły za nim.

Z tyłu auta, pod podłogą, było przymocowane koło zapasowe. Budyń wskoczył na nie. Starczyło tam miejsca dla małego psa. Koty uczepiły się zderzaka.

Ciężarówka ruszyła.

Jezdnia była pełna dziur. Auto podskakiwało, miotając biednym kundelkiem. Koty musiały wpijać pazury w zderzak, żeby nie spaść.

Samochód wyjechał na główną ulicę. Tutaj dziur było mniej i pojechali szybciej.

Pędzili długo przez miasto. Budyń był ledwo żywy od ciągłego potrząsania i zapachu spalin. Koty trzymały się zderzaka resztkami sił.

Wreszcie ciężarówka stanęła.

Budyń wyskoczył na chodnik. Razem z kotami schowali się za koszem na śmieci. Po chwili wyjrzeli ostrożnie.

Samochód zatrzymał się obok parku otoczonego ozdobnym ogrodzeniem. Wśród drzew stał duży ceglany budynek. W ogrodzeniu była brama ze złotą tabliczką: UNIWERSYTET NEAPOLITAŃSKI. Wejścia pilnował ochroniarz.

Stuknęły drzwi ciężarówki. Wysiadł robot, za nim Idalia i Alik. Dzieci dźwigały lustro i walizkę. Android trzymał berło.

Budyń zastanawiał się, czy nie rzucić się na robota. Może z zaskoczenia wyrwałby mu berło? Ale co dalej? Musiałby skierować berło na dzieci i szybko wypowiedzieć rozkaz. Zanimby to zrobił, Android by go zaatakował. Budyń był niezbyt duży, a koty jeszcze mniejsze. Robot na pewno by ich pokonał.

Zanim psiak coś zdecydował, Android i dzieci podeszli do bramy. Zastąpił im drogę ochroniarz.

– A wy dokąd? – mruknął. – Tu jest uniwersytet, a nie szkoła podstawowa!

Android uniósł berło i wycelował je w ochroniarza.

– Ej, co robisz!? – zawołał mężczyzna. – O co chodzi?

Robot wypowiedział cicho rozkaz.

TRACH. Ochroniarz zachwiał się i osunął na ziemię. Spał.

Android i dzieci przeszli przez bramę i skierowali się do budynku uniwersytetu.

Budyń szepnął do kotów:

– Pójdę za nimi. Wy zostańcie tutaj. Jak do wieczora nie wrócę, przyjdźcie mnie ratować.

Alfa i Romeo kiwnęły głowami i usiadły obok bramy.

Budyń zaczął się skradać przez park. Zobaczył, że Android, Ida i Alik wchodzą do budynku uniwersytetu. Na szczęście zostawili otwarte drzwi.

Budyń podbiegł tam i zajrzał.

W środku był duży hol. Na marmurowej podłodze leżało wielu studentów i nauczycieli. Wszyscy głośno chrapali. Widocznie Android uśpił każdego, kto stanął mu na drodze.

Po drugiej stronie holu Budyń dostrzegł robota i dzieci. Stali przed czarnymi drzwiami z napisem: LABORATORIUM CHEMICZNE. Android wycelował w nie berło. Coś pisnęło, drzwi się otworzyły i cała trójka weszła do laboratorium.

Budyń odczekał chwilę, a potem podbiegł do czarnych drzwi. Były uchylone.

Kundelek ostrożnie wsunął głowę.

Zobaczył wielką salę wypełnioną tajemniczymi urządzeniami. Mierniki, komputery i plątanina miedzianych rur. Na półkach lśniły setki słojów z proszkami i płynami. W centrum królował ogromny kocioł. W powietrzu unosił się zapach przypominający aptekę.

Android stał na środku laboratorium. Alik i Ida, pokornie pochyleni, czekali na jego rozkazy.

„Co ten wredny robot kombinuje? – zastanawiał się Budyń. – Chyba chce coś wyczarować za pomocą berła. Ale co?”

Android zawołał:

– Lustro!

Idalia natychmiast skierowała zwierciadło tak, by robot się w nim odbijał.

Android uniósł berło i powiedział uroczyście:

– Dziś jest dzień, w którym skończy się czas ludzi i zacznie się czas robotów!

Skierował berło na ogromny kocioł w centrum laboratorium.

– Rozkazuję, by powstały stalowe owady! Niezniszczalne osy, które mają żądła wypełnione jadem. Niech ten jad zmienia wszystkie żywe istoty w roboty. Każdy, kogo osy użądlą, ma się zmienić w maszynę. Przeistoczyć się w robota, który zawsze będzie mi posłuszny!

Android zatoczył berłem krąg.

– Niech powstaną! – krzyknął. – Teraz! Rozkazuję!

TRACH! Wszystkie naczynia w laboratorium podskoczyły. Wieka odpadły i pojemniki uniosły się. Pofrunęły nad kocioł, a potem powoli się pochyliły. Z naczyń popłynęły płynny uran i trujący arsen. Z innych posypały się kwarc i płatki złota. A także stalowy pył i szare ziarna tytanu. Wszystkie substancje wpadały do kotła. Łączyły się, dymiąc i skwiercząc.

Gdy pojemnik wypełnił się po brzegi, włączył się palnik plazmowy. Mieszanina zaczęła się rozgrzewać. Topiła się, płonęła, sycząc jak jadowita żmija. Kocioł huczał, jakby zaraz miał wybuchnąć. Ciecz bulgotała jak lawa w wulkanie. Krople płynnego metalu zaczęły strzelać w górę jak iskry z ogniska. Każda iskra zastygała w powietrzu, zmieniając się w maleńkiego owada! Metalowe stwory trzepotały skrzydełkami. Przypominały osy, lecz miały stalowe odwłoki i diamentowe żądła.

Z kotła wciąż tryskał rozżarzony metal, zmieniając się w kolejne owady. W laboratorium fruwały już tysiące stalowych os! W ich wnętrzach był ukryty jad. Trucizna, która każdą żywą istotę przeistoczy w robota!

Wreszcie cała zawartość kotła zmieniła się w osy.

Wtedy Android uniósł berło i coś wyszeptał.

Stalowe owady zastygły w powietrzu. A potem pofrunęły w stronę Alika i Idy.

Budyń patrzył na to przerażony. Był pewny, że osy wbiją w nich żądła.

Jego przyjaciele zaraz zmienią się w roboty!

Już chciał się rzucić na ratunek. Jednak stalowe osy ominęły dzieci i wleciały do otwartego kufra. Stłoczyły się tam, szczelnie wypełniając walizę.

– Zamknij! – rozkazał Alikowi Android.

Chłopiec zatrzasnął wieko kufra i zablokował zamki. Jadowite owady były teraz uwięzione. Słychać było, jak brzęczą, a ich metalowe skrzydła uderzają o ściany więzienia. Waliza drżała, jakby miała zaraz wybuchnąć.

Tylko jedna osa, największa, królowa os, fruwała wciąż nad głowami dzieci.

– Do mnie! – zawołał Android.

Stalowy owad pokornie do niego przyfrunął. Robot chwycił osę i schował ją do kieszeni. Potem ruszył do wyjścia.

Za Androidem szła Idalia z lustrem. Na końcu wlókł się Alik, który ciągnął wielką walizę pełną jadowitych os.

Budyń odskoczył od drzwi, kryjąc się w cieniu.

Robot i dzieci minęli go. Przemaszerowali przez hol pełen uśpionych studentów i wyszli z budynku uniwersytetu.

Budyń popędził za nimi.

Myślał, że Android i jego „słudzy" wsiądą do ciężarówki. Jednak tak się nie stało. Ruszyli parkową alejką, dźwigając wielką walizę. Zniknęli za drzewami.

Alfa i Romeo wiernie czekały przy bramie. Budyń podbiegł do nich.

– Słuchajcie... – wysapał. – On wyprodukował jadowite osy! Każdy, kogo ugryzą, zmieni się w robota! Ludzie i zwierzęta. Wszyscy zmienią się w maszyny! My też! Musimy temu zapobiec. Trzeba go dopaść, zanim wypuści te potwory! Chodźcie ze mną! Szybko!!!

Popędzili razem parkową alejką, tam dokąd poszedł Android.

Po chwili go ujrzeli. Człekokształtny robot stał na tarasie otoczonym kamienną balustradą. Za nią była stroma skarpa, a niżej było widać miasto.

Był to punkt widokowy, z którego można było podziwiać cały Neapol i słynną zatokę. Walizka z osami stała obok Androida.

Koty i Budyń podkradli się bliżej. Ukryli się w krzakach tuż obok robota.

Android patrzył na miasto. Na tłumy ludzi spacerujących ulicami i turystów kąpiących się w morzu.

– Zaraz wypuszczę stalowe osy – szepnął. – I nim zapadnie noc, wszyscy ludzie w tym mieście zmienią się w roboty. Lecz wcześniej zrobię próbę. – Android odwrócił się do Idy i Alika. – Najpierw osy wbiją żądła w was. Wy pierwsi zmienicie się w maszyny. Czy cieszycie się?

Alik i Idalia wpatrywali się z lękiem w kufer, z którego dobiegało przeraźliwe brzęczenie os. Milczeli.

– Powiedzcie, że się cieszycie! – krzyknął Android. – Że chcecie być robotami!

– Tak, panie – odpowiedzieli pokornie Alik i Idalia. – Cieszymy się i chcemy być robotami.

Wtedy Android odłożył berło na ziemię i pochylił się nad kufrem. Otworzył pierwszy zamek.

Kundelek wysunął się z kryjówki. Patrzył na berło leżące kilka kroków od niego. „Teraz albo nigdy" – pomyślał. Odwrócił się do kotów.

– Zaatakujcie tego drania – szepnął. – Gryźcie go i drapcie. Ja w tym czasie porwę berło i zrobię czar. Jak się uda, to już nigdy nie nazwę was miauczakami! Uwaga... Teraz!

Budyń skoczył w stronę berła.

Robot gwałtownie się odwrócił. Zobaczył kundelka przy magicznym przedmiocie. Chciał się rzucić na niego. Wtedy zaatakowały go koty. Alfa i Romeo skoczyły na Androida jak małe lamparty. Wczepiły się w jego włosy. Gryzły i drapały.

Robot próbował oderwać napastników, miotał się i szarpał.

Budyń już miał złapać berło w zęby i wypowiedzieć rozkaz. Wtedy przypomniał sobie, że berła nie wolno dotykać!

Narzucił na magiczny przedmiot garść piachu i przycisnął go łapą.

– Alik! Ida! – zawołał. – Przestańcie być niewolnikami robota! Nie słuchajcie jego rozkazów! Bądźcie wolni jak dawniej! Rozkazuję!

Dzieci drgnęły. Powoli uniosły głowy i otworzyły szeroko oczy. Rozglądały się niepewnie, jakby zbudziły się ze snu.

Budyń obserwował je w napięciu. Na chwilę zapomniał o Androidzie. Patrzył na przyjaciół, błagając w myślach, by czar się powiódł.

W tej chwili robot uwolnił się od kotów wczepionych w jego głowę. Odrzucił je na trawę. Skoczył, podniósł berło i skierował je na psa.

Budyń odwrócił się. Patrzył z przerażaniem na Androida, który wycelował w niego magiczny przedmiot.

„Zaraz zmieni mnie w kamień" – pomyślał psiak. Był bez szans.

Sylweta Androida odbijała się w lustrze, które wciąż trzymała Idalia. Nagle dziewczyna uniosła zwierciadło i rzuciła je na ziemię. TRZASK! Lustro rozbiło się z hukiem. Szklane odłamki rozsypały się na trawie.

To oznaczało, że robot nie może zrobić żadnego czaru! Przecież magicznego przedmiotu mógł użyć tylko wtedy, gdy odbijał się w lustrze!

Android znieruchomiał i patrzył niepewnie.

Wtedy rzucił się na niego Alik. Przewrócił robota na ziemię. Berło wypadło z rąk Androida.

Zaczęli walczyć. Przetaczali się po trawie. Alik, wyzwolony spod mocy zaklęcia, bił się z wściekłością. Chciał się zemścić za wszystkie dni, kiedy musiał pokornie służyć robotowi. Android był większy i silniejszy od chłopca. Przygniótł go do ziemi.

Budyń rzucił się z pomocą. Ugryzł Androida w nogę. Alfa i Romeo wbiły pazury w jego ramiona. Idalia dopadła do Androida i zaczęła go drapać, jakby sama była wściekłą kotką.

Robot wyrwał się napastnikom i odskoczył. Zaczął się cofać. Nagle wrzasnął i runął do tyłu. Zapomniał, że za nim jest stroma skarpa!

Grunt urwał się pod jego stopami i Android poleciał w dół. Staczał się po stromiźnie, nie mogąc się zatrzymać.

Dzieci i Budyń podbiegli do krawędzi skarpy i wyjrzeli.

Urwisko było niemal pionowe. Robot spadał jak kamień, odbijając się od skał. W końcu upadł na ulicę, która przebiegała pod wzgórzem. Potoczył się aż na jezdnię. Auta hamowały gwałtownie.

Żaden człowiek nie przeżyłby takiego upadku, lecz Android nie był człowiekiem. Zerwał się. Uniósł głowę, spoglądając z wściekłością na dzieci. Krzyknął coś, czego Alik i Ida nie zdołali usłyszeć.

Idalia zsunęła rękaw i chwyciła berło. Wycelowała je w Androida. Chciała wywołać wiatr, który by go porwał.

Widząc magiczny przedmiot, robot rzucił się do ucieczki. Popędził ulicą, znikając w tłumie przechodniów.

Alik i Ida stali przez chwilę bez ruchu, ciężko oddychając. Powoli dochodzili do siebie po straszliwych przeżyciach. Potem podeszli do kundelka. Uklękli i Idalia go przytuliła.

– Budyń… Uratowałeś nas! – szepnęła. – Jesteś wielki!

– Nie jestem aż taki wielki – powiedział skromnie psiak. – Nie mam nawet pół metra, chyba że podniosę ogonek. I bardzo pomogły mi miauczaki. O, przepraszam! Obiecałem, że już nigdy ich tak nie nazwę.

Kundelek podbiegł do Alfy i Romea i zawołał:

– Koty, jesteście super! A musicie wiedzieć, że psu nie jest łatwo powiedzieć coś takiego. – Odwrócił się do Idalii. – Czy mogę poprosić o berło?

Ida położyła magiczny przedmiot przed Budyniem. Ten sypnął na niego trochę piachu i przycisnął łapą.

– A teraz, koty, chcę powiedzieć, że już nie musicie mi pomagać. Jesteście wolne. Możecie iść, dokąd chcecie.

Alfa i Romeo zamruczały cicho. Ich oczy błyszczały.

– I proszę – dodał Budyń, wciąż trzymając berło – byście bezpiecznie wróciły do domu. I żebyście w czasie podróży nie czuły głodu ani zmęczenia. Fajnie to wymyśliłem, prawda?

Koty podeszły do kundelka. Mrucząc, otarły się o niego, a potem pobiegły parkową alejką. Po kilku krokach jeszcze się odwróciły. Miauknęły na pożegnanie i zniknęły za krzakami róż.

– Co teraz zrobimy? – spytała Idalia.

– Najpierw musimy zlikwidować te małe potwory – powiedział kundelek.

– Jakie potwory? – zapytał niespokojnie Alik.

– A co, nie pamiętacie? – zdziwił się Budyń.

Alik pokręcił głową.

– Nie pamiętam niczego od chwili, kiedy robot nas porwał.

– Ja też nie – powiedziała Ida. – Mów, Budyń, co się działo?

– Android stworzył stalowe osy – szepnął kundelek.

– Osy? – zdziwił się Alik.

– Tak. Mają taką moc, że każdy, kogo użądlą, zmieni się w robota.

– Co!? – zawołał Alik. – Jakim cudem!?

– Mają jad, który zmienia żywe istoty w maszyny. On wyprodukował tysiące takich potworów.

– Gdzie one są!? – spytała przerażona Ida.

– W tej walizce.

Budyń wskazał metalowy kufer. Idalia i Alik podbiegli do niego. Z wnętrza walizki dobiegał pisk i brzęczenie. Stalowe owady próbowały się uwolnić. Wieko drżało. Było zamknięte tylko na jeden zatrzask.

Alik szybko zablokował drugi zamek.

– Co z tym zrobimy? – wyszeptała Ida.

– Wydam rozkaz, żeby te potwory się stopiły – powiedział Alik.

Opuścił rękaw na dłoń i złapał berło.

– Nie rób tego! – zawołała Idalia.

– Dlaczego?

– Czar działa na to, co widać. Jak wydasz taki rozkaz, stopi się tylko kufer. A osy wylecą!

– Wtedy rozkażę, żeby one się rozpadły! – zawołał Alik. – Zniszczę je.

– Wiesz, że Android i to, co on stworzył, nie podlega rozkazom. Tych os nie można zniszczyć za pomocą berła.

– Ida ma rację – szepnął Budyń.

Alik opuścił berło.

– Jeśli nie da się ich anihilować za pomocą czarów, to trzeba je zwyczajnie zlikwidować.

– Jak?

– Na przykład można rozgnieść walizę walcem drogowym. Albo wysadzić ją w powietrze!

– Te osy są pancerne – pisnął psiak. – Kufer pęknie, a one zwieją.

– No to co zrobić? Przecież nie możemy ich tak po prostu zostawić!

– Pamiętam, że kiedy te potwory powstawały, to w kotle była wysoka temperatura – powiedział Budyń. – Wszystko się topiło! One są stworzone z płonącego metalu. Więc żeby je zniszczyć, chyba jest potrzebne supergorąco.

– Gdzie jest najwyższa temperatura? – zastanawiał się Alik.

– Ja wiem! – zawołała Idalia. – Najwyższa temperatura panuje w wulkanach.

– Chcesz wrzucić walizkę do wulkanu!? – zawołał Alik. – Chyba zwariowałaś!

– Wcale nie. Czytałam, że w wulkanie topią się nawet skały. Gdyby wrzucić tam walizę, to te potwory wyparują. Na sto procent przestaną istnieć.

– A gdzie my znajdziemy wulkan?

– Gabi mówiła, że we Włoszech są dwa słynne wulkany, Wezuwiusz i Etna.

– Jakim cudem mamy się tam dostać? – zapytał Alik.

– Najlepiej byłoby polecieć dra-kulą – powiedział Budyń.

– Dra-kula jest popsuta.

– Może uda się ją naprawić?

– To zajmie dużo czasu – powiedziała Idalia. – A te wampiry mogą się uwolnić. Przebiją walizkę i wyfruną. Nie słyszycie, jak się miotają?

Pochylili się nad kufrem. Słychać było, jak metalowe owady atakują ścianki. Piszczały przy tym przeraźliwie. Waliza drżała.

Ida, Alik i Budyń patrzyli na nią ze strachem. Nie wiedzieli, co robić.

– Wiecie co? – powiedział w końcu kundelek. – Najpierw trzeba zejść do miasta i coś zjeść. Bo ja umieram z głodu.

– Ja też – powiedziała Ida.

– I ja! – zawołał Alik.

– No to chodźmy. Tylko trzymajcie mocno ten kufer. Bo jakby spadł i się otworzył, to te latające strzykawki wyfruną. A ja nie chcę się zmienić w robopsa!

– I trzeba uważać, czy Android się gdzieś nie czai – dodała Ida. – Nie wiadomo, co on teraz knuje.

– Jest niegroźny – mruknął Alik. – Nie ma berła.

– On zawsze jest groźny. Musimy być ostrożni.

Ida i Alik podnieśli ostrożnie walizę. Chłopiec w drugiej ręce trzymał berło. Jego rączkę obwiązał folią znalezioną w trawie, żeby nie dotknąć magicznego przedmiotu gołą dłonią.

Zaczęli schodzić po kamiennych schodach w stronę ulicy. Budyń szedł przodem i węszył. Na razie nie wyczuwał zapachu Androida.

Na peron dworca w Neapolu wtoczył się ekspresowy pociąg z Rzymu.

Otworzyły się drzwi wagonu i wysiadła dziewczynka w kapeluszu. Rozglądała się zaciekawiona. Zainteresowały ją ruchome schody, którymi ludzie wjeżdżali do hali dworca. Chciała obejrzeć je z bliska. W tej chwili rozległ się krzyk:

– Julka! Mówiłam ci, że masz na mnie zaczekać!

TRENITALIA
A 4

Z wagonu wyszła opiekunka taszcząca wielką torbę podróżną.

– Czemu sama wysiadłaś!? – zawołała. – Trzymaj mnie za rękę! Nie oddalaj się nawet na centymetr. Słyszysz!? Daj rękę!

– No dobra – westchnęła Julka i złapała dłoń opiekunki. – To co? – spytała. – Będziemy tu stać i się nudzić czy pojeździmy na tych fajnych schodach?

– Proszę o trzy pizze pepperoni na wynos – powiedziała Ida, celując berłem w kelnerkę.

– Tak jest! – zawołała kobieta. – Już przynoszę!

Popędziła do kuchni.

Idalia czuła się głupio, bo był to rodzaj kradzieży. Ale nie mieli ani grosza, a byli strasznie głodni.

Po kilku minutach kelnerka przyniosła trzy pudełka z pizzami. Podała je Idalii razem z garścią torebek z sosami.

– Dziękuję – powiedziała grzecznie Ida. – Jak tylko zdobędziemy pieniądze, to zapłacimy. Słowo!

Wzięła kartony i ruszyła do drzwi.

Kelnerka patrzyła na Idalię niepewnie.

– Dlaczego dałam tej smarkuli pizze za darmo? – wyszeptała. – Co się ze mną dzieje?

Alik i Budyń siedzieli na ławce obok pizzerii. Pilnowali walizki.

– Budyń, ile jest tych os? – spytał Alik.

– Nie wiem dokładnie. Chyba kilka tysięcy albo więcej.

– Jakim cudem pomieściły się w walizce?

– Chyba potrafią się zmniejszać, jak dra-kula. A w dodatku każda osa może ukąsić wiele razy.

– Prawdziwe osy też tak mają – powiedział Alik. – Pszczoły po użądleniu umierają, a osy nie.

Byli bardzo niespokojni. Wiedzieli, że walizka z małymi potworami jest groźniejsza niż bomba atomowa. Co będzie, jak ktoś ją ukradnie? Albo otworzy? Stalowe owady wyfruną i będą wbijać żądła w ludzi i zwierzęta. Wszyscy zmienią się w roboty. Tutaj i na całym świecie.

– Dostawa pizzy! Może byście mi pomogli?

Z pizzerii wyszła Idalia. Dźwigała trzy wielkie kartony. A w dodatku pod pachą ściskała berło.

Alik zerwał się, wziął od przyjaciółki pudełka i położył na ławce. Budyń szybko tam wskoczył. Uniósł nosem wieko.

– Kiełbaski pepperoni! – pisnął radośnie. – Nie są tak pyszne jak czosnkowe, ale i tak są dobre.

Zaczęli jeść. Byli okropnie głodni.

Ulicą jechał radiowóz. Policjanci zerknęli na dzieci siedzące samotnie na ławce, ale na szczęście pojechali dalej.

– A może zaniesiemy tę walizę na policję? – spytała Ida.

– Na policję!?

– No tak. Oni coś z nią zrobią. Na przykład zamkną w kasie pancernej. Albo w jakimś bunkrze.

Alik pokręcił głową.

– To się nie uda.

– Czemu?

– Musielibyśmy opowiedzieć o magii i o Androidzie. Policja nie uwierzy. Uznają, że to dziecinne bajki. Otworzą kufer, żeby sprawdzić, co jest w środku. Osy wyfruną i zacznie się horror.

– Masz rację – powiedział Budyń, połykając wielki kęs pizzy.

– Czyli musimy sami to załatwić – westchnęła Ida. – Szkoda. Bo chciałabym już wrócić do domu. W dodatku martwię się o Gabi, Kukiego i Blubka. Powinniśmy sprawdzić, co się z nimi dzieje.

– Oni jeszcze śpią – powiedział Alik. – Zapomniałaś? Żeby wyzdrowieć, mieli spać przez tydzień. A minęło dopiero sześć dni.

– To co teraz zrobimy?

– Mieliśmy wrzucić walizę do wulkanu – przypomniał Budyń. – Trzeba sprawdzić, gdzie jest najbliższy.

Ida wyjęła telefon i wstukała pytanie w wyszukiwarkę. Odczytała odpowiedź:

– W pobliżu jest kilka wulkanów. Najgroźniejsza jest Etna. To aktywny wulkan, w którym wciąż płonie lawa.

– Jak się tam dostać? – spytał Alik.

Ida pochyliła się nad telefonem.

– Z Neapolu trzeba płynąć promem do miasta Katania. Stamtąd można wjechać terenowym autem na szczyt wulkanu.

– Lepiej polecieć helikopterem – zaproponował Budyń. – Możemy za pomocą berła porwać helikopter i kazać mu lecieć nad wulkan.

– To zbyt niebezpieczne – mruknął Alik.

– Dlaczego?

– A co będzie, jak osy się wydostaną w czasie lotu? Nie byłoby dokąd zwiać. Wyobrażacie sobie? Być w helikopterze ze wściekłymi robalami, kilometr nad ziemią.

– Alik ma rację – potwierdziła Ida. – Lepiej płynąć statkiem. W razie problemów wrzucimy walizkę do morza.

– No to trzeba iść do portu, z którego odpływają promy – zdecydował Alik.

Idalia sprawdziła adres. Potem ostrożnie wzięli walizę i ruszyli w stronę głównej ulicy.

Kiedy dzieci i Budyń odeszli, zza pizzerii wysunął się ktoś w kapturze nasuniętym na głowę.

Patrzył uważnie na dzieci niosące walizkę. Potem ruszył za nimi, kryjąc się za autami stojącymi wzdłuż chodnika.

Port w Neapolu był ogromny. Przy nabrzeżach cumowały setki statków. Najczęściej były to wycieczkowce, białe kolosy, którymi zwiedzano świat. Dalej stały promy, czyli „morskie autobusy", które pływały do różnych miejscowości. W niektórych promach dziób otwierał się jak wielka brama, żeby samochody mogły wjechać na pokład. Inne woziły wyłącznie ludzi.

Teren portu był otoczony wysokim ogrodzeniem. Wchodziło się przez bramki z wykrywaczami metalu, jak na lotnisko. Bagaże trzeba było położyć na taśmie, która przesuwała się pod skanerem.

Ida, Alik i Budyń podeszli do bramki.

– Co macie w tej walizce? – zapytał policjant.

– Nic ważnego... – odpowiedziała szybko Idalia. – Trochę zabawek.

Funkcjonariusz patrzył podejrzliwie na wielki metalowy kufer. Nie wyglądał na pojemnik z zabawkami.

– Otwórzcie go.

Oczywiście nie mogli się na to zgodzić. Alik szybko podniósł berło.

– Niech pan nas wpuści!

– Tak jest! – zawołał policjant i pokazał, że mogą przejść.

– Budyń, idź pierwszy – szepnęła Ida.

Kundelek przebiegł przez bramkę. Za nim przeszli Ida z Alikiem, taszcząc walizę. Ruszyli na poszukiwanie miejsca, skąd odpływały promy do Katanii.

Kiedy odeszli, do bramki podbiegł chłopak w kapturze. Chciał wejść na teren portu, ale zapiszczał alarm. Policjant kazał się chłopakowi cofnąć i przejść przez bramkę raz jeszcze. Spojrzał na ekran skanera i krzyknął ze zdumienia.

Na monitorze było widoczne wnętrze chłopaka. Miał on w środku jakieś urządzenia! W miejscu serca był silnik. Zamiast kręgosłupa chłopak miał stalowy stelaż. W nogach i rękach były jakieś dziwne mechanizmy…

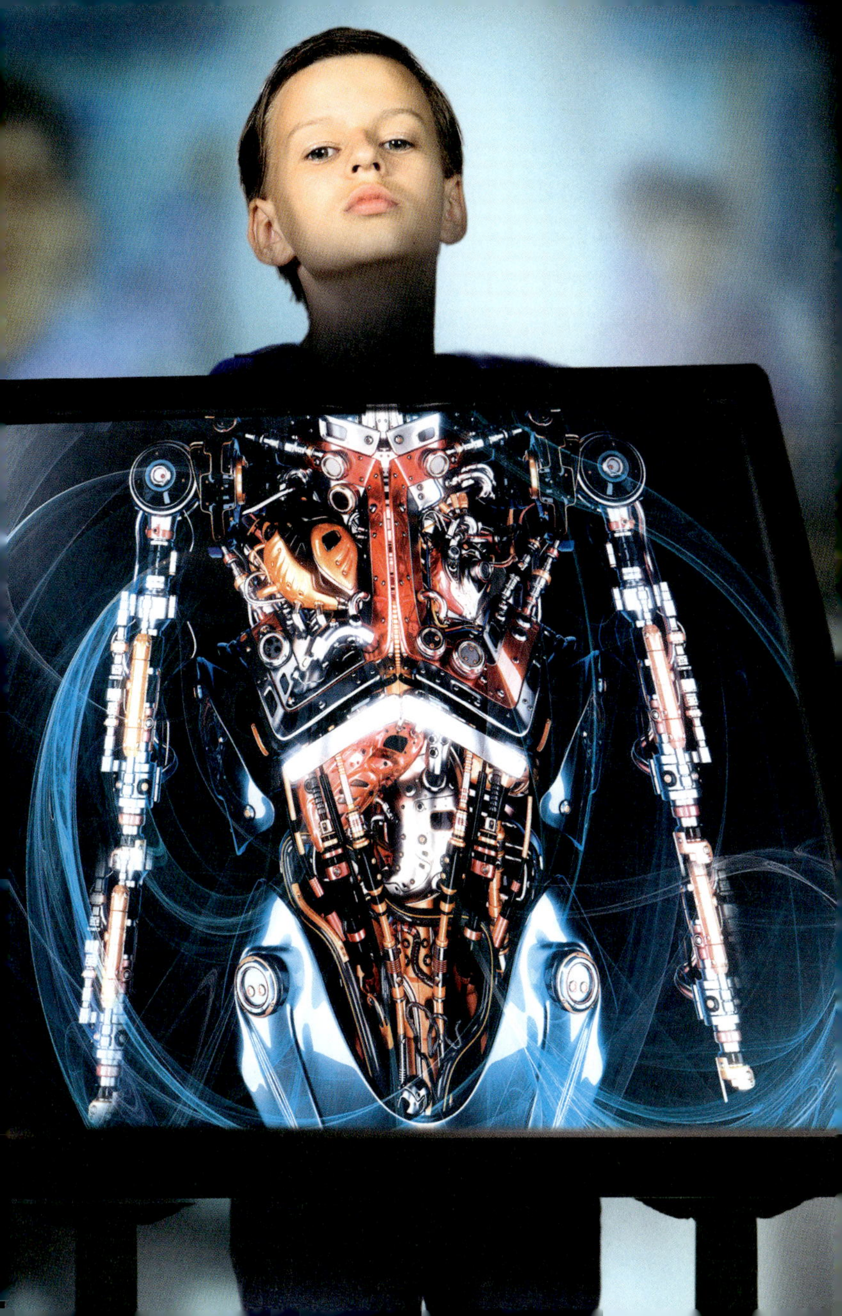

– Co to jest? – szepnął osłupiały policjant.

Podszedł do chłopca.

– Chodź ze mną – powiedział.

Nastolatek stał nieruchomo.

Policjant chwycił go za rękę i znów krzyknął. Bo w dłoń chłopca był wmontowany ekran!

Android wyrwał się policjantowi i odskoczył. Cofnął się na ulicę. A potem rzucił się do ucieczki, znikając w tłumie ludzi.

– Kto to był? – jęknął policjant. – Kosmita? Nie... To mi się chyba przywidziało. Na pewno. To przez te upały!

Poprosił kolegę, żeby go zastąpił, i poszedł napić się kawy.

Kilka minut później do wejścia do portu podbiegła kobieta w okularach. Trzymała za rękę dziewczynkę.

– Julka, pospiesz się! – krzyczała.

– No przecież się spieszę! – wołała Julka. – Nie ciągnij mnie tak, bo będę miała rękę długą jak orangutan.

Podeszły do bramki. Policjant spojrzał na mały plecak trzymany przez Julkę.

– Musisz go odłożyć tutaj, na tackę – powiedział.

Mała pokręciła głową.

– Nie ma mowy, proszę pana. W środku jest tablet. W nim są nagrane wszystkie bajki, które wymyślam. Rozumie pan, one są bardzo cenne, bo...

– Julka, przestań gadać, bo spóźnimy się na prom! – krzyknęła opiekunka.

Wyrwała małej plecak i położyła na tacce. Obok postawiła torbę podróżną. Taśma ruszyła, wciągając przedmioty w czarną czeluść skanera. Kobieta przeszła przez bramkę, pchając dziewczynkę przed sobą.

Po chwili ze skanera wyjechały torba i plecak.

– Jak skasowały się moje bajki – powiedziała stanowczo Julka – to w mojej następnej historii najgorszy potwór będzie miał na imię Matylda.

– Nie marudź! – powiedziała opiekunka. – Chodź!

Wzięła torbę i pobiegły, przeciskając się przez tłum podróżnych.

Alik, Ida i Budyń wędrowali wzdłuż nabrzeża. Z trudem wlekli wielki kufer. Co chwila potrącali nim bagaże innych podróżnych.

– Uważajcie na walizę! – zawołał kundelek. – Jak się otworzy, to koniec…

– Budyń, cicho! – szepnęła nerwowo Ida. – Bo ktoś zobaczy, że umiesz mówić!

– Te wredne osy ważą chyba pół tony! – jęczał Alik. – Gdzie jest ten prom?

– Tam.

Idalia wskazała niebieski pawilon z napisem: REJSY DO KATANII I PALERMO. W budynku znajdowały się kasy. Dalej był pomost, którym wchodziło się na prom. Przy nabrzeżu stał ogromny błękitny statek. Na jego pokładzie nie było widać żadnych ludzi.

Dzieci i kundelek poszli tam.

Tuż przed pawilonem wyprzedziły ich kobieta i mała dziewczynka w kapeluszu. Podbiegły do kasy.

Za szybą siedział urzędnik w marynarskim mundurze.

– Proszę pana – wysapała kobieta. – Mamy bilety na prom do Katanii. Na godzinę szóstą.

Pokazała dwa turkusowe kartoniki.

Kasjer zerknął na bilety.

– Spóźniła się pani – mruknął. – Prom już odpłynął.

– Co!? – jęknęła opiekunka. – Już odpłynął!?

– Tak. Kwadrans temu.

Urzędnik pokazał zegar na ścianie. Była osiemnasta piętnaście.

– A kiedy odpływa następny prom?

– Jutro, o ósmej rano. Tamten niebieski.

Mężczyzna wychylił się z okienka i wskazał wielki błękitny statek cumujący przy nabrzeżu.

– Odpływa dopiero jutro!? – zawołała kobieta. – To niemożliwe! Musimy dzisiaj być w Katanii! Niech pan sprawdzi, czy jakiś prom dziś nie płynie!

– Przecież mówię pani, że nie! – burknął kasjer. – Najbliższy rejs będzie jutro rano.

Zatrzasnął okienko i wywiesił tabliczkę: ZAMKNIĘTE.

– No to mamy przechlapane – powiedziała ponuro opiekunka. – To przez ciebie, Julka! Gdybyś nie jeździła sto razy ruchomymi schodami, to byśmy zdążyły.

– Wcale nie przeze mnie! – oburzyła się dziewczynka. – Ja jechałam tylko dziesięć razy! A ty, Matylda, piłaś kawę sto godzin.

– Nieprawda. Piłam pięć minut!

– Co teraz zrobimy? – spytała Julka.

– Nie mam pojęcia – mruknęła Matylda. – Muszę zadzwonić do twojej babci.

Wyjęła telefon. Nacisnęła kilka razy włącznik.

– No nie! Padła bateria w komórce. Szlag by to wszystko trafił.

Kobieta bezradnie osunęła się na ławkę. Julka usiadła obok niej.

Ida, Alik i Budyń stali kilka kroków dalej, obok kasy.

– Słyszeliście? – szepnęła Ida. – Prom do Katanii odpływa dopiero jutro. Co robimy?

– Usiądźmy gdzieś, bo jestem wykończony taszczeniem tej walizy – powiedział Alik.

Usiedli na ławce obok Julki.

Dziewczynka zerknęła na nich. Najbardziej zainteresował ją Budyń. Pociągnęła opiekunkę za rękę.

– Zobacz, Matylda, jaki fajny piesek!

– Zwykły kundel – burknęła kobieta.

– Wcale nie! – zaprotestowała Julka. – Jest śliczny.

Budyń spojrzał na Julkę z sympatią, ale oczywiście nic nie powiedział. Nie mógł się odzywać przy obcych.

Sto metrów dalej, za ogrodzeniem, stał Android. Wpatrywał się w dzieci i walizkę z osami.

Szarpnął stalowe pręty, ale ogrodzenie było mocne i wysokie, a w dodatku wszędzie wisiały kamery.

Robot ruszył wzdłuż płotu, szukając jakiejś dziury, przez którą mógłby się przedostać.

Alik i Ida siedzieli na ławce obok Julki i jej opiekunki. Budyń położył się na chodniku, pilnując walizy.

– Musimy znaleźć miejsce na nocleg – powiedziała Ida. – Jakiś hotel albo pusty dom.

– Może prześpimy się na promie? – zaproponował Alik, wskazując błękitny statek cumujący przy nabrzeżu. – Przecież i tak jutro będziemy nim płynąć. Teraz chyba nikogo tam nie ma.

– Ciekawe, jak tam wejdziemy? – spytała Idalia.

Pomost prowadzący na prom był zamknięty kratą.

– Otworzymy kratę za pomocą berła – powiedział Alik. – Powinno się udać, bo zamek jest widoczny. Poszukamy na statku jakiegoś miejsca do spania. Na pewno są tam kajuty z łóżkami.

– A jeżeli ktoś nas zobaczy? Jakiś ochroniarz?

– To uśpimy go berłem.

– Fajny pomysł – powiedział kundelek. – Przekimamy się wygodnie i może jakieś jedzonko też się znajdzie.

– Cicho, Budyń! – szepnęła Ida.

Kundelek zapomniał, że nie może się odzywać przy obcych!

Zerknęli na sąsiadki siedzące na ławce. Opiekunka była odwrócona i nie zwróciła uwagi na mówiącego psa. Za to Julka gapiła się ze zdumieniem na kundelka. Pociągnęła Matyldę za rękę.

– Ten piesek gada! – zawołała.

– Przestań! – mruknęła kobieta. – Nie mam nastroju na bajki.

– On naprawdę mówił! Słyszałam to!

Ida i Alik szybko chwycili walizkę. Ruszyli z Budyniem w stronę pomostu, którym wchodziło się na prom.

Słyszeli, jak dziewczynka krzyczy:

– Matylda! Ja chcę iść do pieska! Chcę zobaczyć, czy on naprawdę mówi.

– Nigdzie nie pójdziesz – powiedziała opiekunka. – Siedź na ławce. Nie ruszaj się ani na krok, rozumiesz!? Ja pójdę sprawdzić, czy w tym biurze mają telefon.

Kobieta wstała i podeszła do niebieskiego pawilonu. Zastukała w okienko kasy.

Julka gapiła się na Budynia, którzy szedł z dziećmi w stronę promu. Zerknęła na opiekunkę. Matylda stała przy kasie i była odwrócona tyłem.

Dziewczynka szybko zeskoczyła z ławki i pobiegła za kundelkiem.

Alik wycelował berło w kratę, która zagradzała wejście na prom.

– Otwieraj się! – rozkazał.

TRZASK. Zamek odskoczył. Krata uchyliła się z cichym zgrzytaniem.

Droga na prom była wolna.

– Budyń, idź pierwszy – powiedział Alik. – Jak kogoś wyczujesz, to alarmuj.

– Okej.

Budyń po pomoście wmaszerował na pokład statku. Węszył przez chwilę.

– Chyba nikogo tu nie ma! – zawołał. – Chodźcie!

Ida z Alikiem wzięli walizę i weszli na prom.

W tej chwili do pomostu podbiegła Julka. Zobaczyła dzieci i Budynia idących przez pokład promu. Miała straszną ochotę pobiec za nimi. Koniecznie chciała sprawdzić, czy ten pies naprawdę mówi.

Chwilę się wahała. Wiedziała, że nie powinna się oddalać bez pozwolenia. Matylda będzie się strasznie złościć...

„Pójdę tylko na chwilkę i zaraz wrócę" – postanowiła dziewczynka.

Szybko przebiegła przez pomost i weszła na statek.

Ida, Alik i kundelek nie dostrzegli dziewczynki. Wspinali się po stromych schodach na wyższe piętro promu. Znajdował się tu rozległy pokład i nadbudówki z setkami okrągłych okienek. Nie było widać żadnych ludzi. Wyglądało na to, że poza nimi na statku nikogo nie ma.

– Gdzie będziemy spać? – spytał Budyń.

– Trzeba się rozejrzeć – powiedział Alik. – Sprawdźmy najpierw, co jest tam.

Pokazał podwójne drzwi z lustrami zamiast szyb. Użyli berła, by je otworzyć.

Za drzwiami była restauracja pełna stołów i metalowych krzeseł. W oszklonych lodówkach stały przekąski, napoje i desery lodowe.

– Pachnie jedzonkiem – powiedział z zadowoleniem Budyń.

– Ja bym chciała się czegoś napić – westchnęła Idalia.

– Ja też! – zawołał Alik.

Zostawili walizkę i berło przed drzwiami i weszli do restauracji.

Mała Julka z trudem wdrapała się na wyższy pokład promu. Rozejrzała się. Dzieci ani psa nie było widać. Na pustym pokładzie stała walizka, a na niej leżał dziwny przedmiot. Lśnił w słońcu.

Julka podbiegła do walizki. Zaciekawiona podniosła przedmiot.

– Wiem, co to jest – szepnęła. – To się nazywa berło! Takie coś mają królowe. Rozkazują i wszyscy muszą ich słuchać.

Berło było dla Julki trochę za ciężkie, ale podobało jej się. Ściskając je w ręku, podeszła do lustra umieszczonego w drzwiach. Zaczęła robić miny, udając wielką królową. Przypomniała jej się bajka, którą wymyśliła w pociągu. Dziewczynka uniosła berło i powiedziała uroczyście:

– Rozkazuję, żeby wszyscy mnie słuchali. Ludzie i zwierzęta, i przedmioty! Mają robić, co im każę, jeżeli... Jeżeli powiem słowo „proszę"!

TRACH! Berło drgnęło jak żywe. Błysnęło jaskrawe światło. Gwałtowny wiatr zerwał kapelusz z głowy Julki.

Wystraszona dziewczynka rzuciła berło na pokład. Odskoczyła od lustra.

– Co to było?

W tej chwili usłyszała odległe wołanie:

– Julka! Gdzie jesteś!?

– Matylda mnie szuka – szepnęła dziewczynka. – Na pewno jest okropnie zła!

Znów rozległo się wołanie:

– Julka! Gdzie ty jesteś!? Julkaaaaa!!!

– Dostanę straszną karę – westchnęła Julka. – Szkoda, że naprawdę nie jestem zaczarowaną królową. Powiedziałabym: „Proszę, niech ten statek odpłynie, żeby Matylda mnie nie znalazła".

TRACH! Huknęło, jakby piorun uderzył w pokład. Wielki statek drgnął. Z rykiem włączyły się silniki. Zaczęły się obracać śruby. Prom zakołysał się gwałtownie.

Berło poturlało się po pokładzie. Potoczyło się do burty, przeleciało między prętami balustrady i runęło do morza.

Spadło obok wirujących śrub. TRZASK! TRZASK! Śruby zmieliły berło na drzazgi.

M a g i c z n y p r z e d m i o t p r z e s t a ł i s t n i e ć.

Julka zbiegła schodami na niższy pokład. Chciała wrócić do opiekunki. Ruszyła w stronę pomostu. Ale wtedy TRZASK! Pomost spadł do wody! TRACH! Pękły stalowe liny, którymi prom był przywiązany.

Statek zaczął odpływać! Zupełnie sam! Bez załogi!

Mała Julka stała na pokładzie kompletnie osłupiała.

Na brzegu opiekunka wrzeszczała:

– Julka! Julka!!!

Prom odpływał wraz z dziewczynką. Brzeg się oddalał.

Opiekunka biegła nabrzeżem, machając i rozpaczliwie coś krzycząc, ale już nie było jej słychać.

Na wyższym pokładzie Budyń wyskoczył z restauracji, za nim wybiegli Ida i Alik. Patrzyli ze zdumieniem na oddalający się brzeg.

– Co się dzieje!? – krzyknęła Ida. – Dlaczego ten prom płynie!?

Na statku nie było widać żadnych ludzi. Wyglądało na to, że prom płynie sam!

– To chyba czar – szepnął Alik. – Ktoś musiał użyć berła.

Zaczęli się rozglądać w poszukiwaniu magicznego przedmiotu. Waliza stała na środku pokładu, ale berła nie było widać.

– Ktoś ukradł berło! – zawołała Ida.

– Albo spadło do wody! – pisnął Budyń.

Podbiegli do burty i wychylili się przez balustradę.

– Patrzcie! – wrzasnął Alik. – Tam!

Na wodzie unosiły się złote drzazgi.

Idalia miała lornetkę. Błyskawicznie ją wyjęła i spojrzała na wodę.

– Tak – potwierdziła ponuro. – To są kawałki berła. Jest kompletnie zniszczone.

– Jak to się stało!? – jęknął Alik. Rozejrzał się niepewnie. – Ktoś musi być na statku. Ukradł berło i wydał rozkaz, żeby prom odpłynął. A potem wrzucił berło do wody.

– Przecież nikt poza nami nie może używać berła! – zawołała Ida.

– Chyba że odbija się w lustrze! – powiedział ponuro Budyń, wskazując lustrzane szyby w drzwiach.

– Lepiej schowajmy walizkę z osami – szepnęła Ida.

Chwycili kufer i wbiegli do restauracji. Zatrzasnęli drzwi. Zablokowali zamek. Cofnęli się na drugi koniec sali i ukryli za barem.

Na końcu długiego falochronu stał Android. Patrzył na odpływający prom.

Statek stawał się coraz mniejszy. Zaraz zniknie za horyzontem…

Nagle „chłopak" rozpędził się i wskoczył do morza. Zaczął płynąć za promem. Poruszał się wolniej niż statek, ale uparcie płynął jego śladem. Woda była zimna, lecz Android nie odczuwał chłodu ani zmęczenia. Przecież był robotem.

Alik, Ida i Budyń siedzieli w restauracji ukryci za barem. Nie wiedzieli, co robić. Stracili magiczny przedmiot. Płynęli statkiem bez załogi i nie mogli go zatrzymać. A w dodatku nie mieli pojęcia, kto zrobił czar.

W końcu Budyń szepnął:

– Spróbuję wywąchać, kto się kryje na promie.

Ruszył do wyjścia. Dzieci poszły za nim. Uchyliły drzwi. Kundelek wysunął nos i zaczął węszyć.

– I co? – spytała Idalia.

– Wyczuwam zapach człowieka, ale jakiś słaby. Jakby ten ktoś był...

– Jaki?

– Mały.

– Masz na myśli małego trolla? – spytał Alik.

– Nie wiem – powiedział Budyń. – Ale wyczuwam jakieś nieduże stworzenie. Zaczekajcie tu. Ja sprawdzę, co to jest. Jak coś wykryję, to was zawołam.

– Tylko uważaj, Budyń – szepnęła Ida.

– Okej.

Kundelek wyszedł na pokład i zaczął się rozglądać.

Wzdłuż burt biegły długie korytarze. Kundelek poszedł jednym z nich. Po lewej stronie była ściana z drzwiami do kabin, po prawej balustrada. Za nią, w dole, huczało morze. Budyń zerknął tam i aż się wzdrygnął. Ogromne fale uderzały o burtę statku, a woda pieniła się groźnie.

– Nie chciałbym tam wpaść – szepnął psiak.

Ruszył dalej. Zapach „niedużego stworzenia" stawał się coraz wyraźniejszy. Tajemnicza istota ukrywała się gdzieś blisko…

Korytarz zaprowadził kundelka na dziób statku. Był tu pokład widokowy z leżakami i parasolami.

Budyń znów zaczął węszyć. „Chyba ktoś się chowa za niebieskim leżakiem…"

Kundelek ruszył w tamtym kierunku. Skradał się ostrożnie, bo choć pachniało człowiekiem, nie był pewny, czy nie czai się tam człekokształtny robot.

Zajrzał za leżak i zatrzymał się gwałtownie.

Kryła się tu mała dziewczynka. Budyń zaraz ją poznał. To był dzieciak, który siedział obok nich na ławce. Poza małą nikogo więcej nie było.

Psiak uznał, że przy dziecku może się odezwać. Odwrócił głowę i zawołał:

– Idalia, Alik, chodźcie tu!

Dziewczynka szepnęła:

– Wiedziałam, że ten pies mówi!

– No tak, zgadza się – powiedział Budyń. – Jestem mówiącym psem.

– Zawsze mówisz, czy tylko czasem? – spytała Julka.

– Zawsze. Ale nie bój się mnie. Nie jestem kosmitą.

– Wcale się ciebie nie boję. Jesteś fajnym pieskiem.

Budyń pomyślał, że dzieci są mądrzejsze od dorosłych. Na widok mówiącego psa nie mdleją ani nie myślą, że spotkały kosmitę. Po prostu mówią „fajnie" i sprawa jest załatwiona.

– Jak masz na imię? – spytał kundelek.

– Julka. A ty?

– Budyń.

– Ale śmiesznie. Fajnie!

– Skąd się tu wzięłaś? – spytał kundelek.

– Szukałam ciebie.

– Mnie? – zdziwił się Budyń.

– Tak – powiedziała Julka. – Chciałam sprawdzić, czy naprawdę umiesz mówić. Ale ten statek nagle zwariował i odpłynął. To chyba nie jest moja wina.

– Nie jestem taki pewny... – westchnął Budyń.

– Ale ja nic nie zrobiłam!

W tej chwili na pokład wbiegli Alik i Ida.

– Co się dzieje? – wysapał Alik.

– Tu jest małe dziecko! – powiedział kundelek.

– Wcale nie jestem mała – zaprotestowała Julka, wychodząc zza leżaka.

Alik i Idalia patrzyli na nią zdziwieni.

– Skąd ona się tu wzięła? – szepnęła Ida.

– Chciała obejrzeć superpsa, czyli mnie – wyjaśnił Budyń.

– A może to jest zmutowany robot? – mruknął Alik.

Podszedł do dziewczynki.

– Jesteś człowiekiem czy robotem? – spytał groźnie. – Mów!

– Jestem Julką, a nie żadnym robotem! – oburzyła się dziewczynka.

– Jesteś tu sama? – spytała Ida.

– Tak. Matylda została na brzegu.

– Matylda to twoja mama?

– Coś ty! To moja kuzynka. Odwozi mnie do babci na wakacje.

– No, nieźle – westchnęła Idalia. – Nie dość, że porwaliśmy statek, to jeszcze ukradliśmy dziecko.

– Zaraz... – Alik przykucnął obok Julki. – Powiedz, czy dotykałaś drewnianego berła?

– Ona na pewno nie wie, co to jest – szepnęła Ida.

– Pewnie, że wiem! – prychnęła Julka. – Znalazłam berło na statku.

– Czy wzięłaś je do ręki? – zapytał szybko Alik.

– Tak. Ale tylko na chwilkę.

– Czy mówiłaś coś wtedy!? – zawołał Alik. – Przypomnij sobie! To bardzo ważne. Mówiłaś coś, kiedy trzymałaś berło?

– Tak.

– Co?

– Nie pamiętam.

– A czy nie powiedziałaś, żeby statek odpłynął?

Julka zerknęła niepewnie.

– Chyba powiedziałam – westchnęła. – Ale wtedy już nie miałam tego głupiego berła. Leżało na podłodze. A potem wpadło do wody.

Alik i Ida spojrzeli na siebie.

– No to wszystko jasne – powiedział chłopak. – Ona zrobiła czar.

– Ale mówi, że nie miała wtedy berła.

– Pomyliło jej się.

Alik odciągnął Idę i Budynia na bok.

– Słuchajcie. Sytuacja jest skrajnie niebezpieczna. Ona spowodowała, że statek płynie. Nie możemy go zatrzymać, bo berło zostało zniszczone.

– Może znajdziemy maszynownię i wyłączymy silnik? – zaproponowała Idalia.

– To się nie uda. Jeśli czar kazał promowi płynąć, to tylko magiczny rozkaz może go zatrzymać. Będziemy tak płynąć bez końca.

– Chyba że w coś walniemy – mruknął ponuro Budyń. – Na przykład w inny statek albo w jakąś skałę. Wtedy utoniemy. Zwłaszcza ja, bo beznadziejnie pływam.

– Co robimy? – spytał Alik.

– Przede wszystkim musimy się nią zaopiekować – powiedziała Ida, wskazując na Julkę. – Takie dziecko nie może być samo. Jeszcze wpadnie do wody.

Przykucnęła obok dziewczynki.

– Posłuchaj, ja mam na imię Idalia, a to jest Alik. Będziemy się tobą opiekować.

– Nie wiem, czy dacie radę – westchnęła Julka. – Bo ja mam trudny charakterek. Wszyscy tak mówią.

– Okej, spróbujemy. Jesteś głodna?

– Jestem.

– Ja też – pisnął Budyń.

– No to musicie ugotować dla nas dobry obiadek – stwierdziła Julka i wstała. – Chodźmy, bo tu jest trochę nudno.

Pomaszerowała korytarzem.

– Ej, Julka, poczekaj! – zawołała Ida. – Nie możesz chodzić sama! Daj mi rękę, pójdziemy razem.

– Nie lubię, jak ktoś mnie prowadzi za rękę. Ale mogę trzymać Budynia za ogonek. Nie będę ciągnąć, obiecuję.

Julka siedziała na podłodze w wielkiej kuchni na statku i głaskała Budynia.

Alik i Idalia szukali jedzenia. W zamrażarkach znaleźli dużo produktów, ale były lodowate i twarde. Musieliby czekać wiele godzin, zanim mogliby je zjeść.

– Zrobię makaron z sosem – zdecydował Alik, wyciągając z szafy wielką paczkę spaghetti.

– Potrafisz to robić? – spytała Ida.

– No pewnie. Co za problem?

Alik lubił gotować. Był w tym naprawdę dobry. Zagrzał wodę w elektrycznym garnku, osolił i wrzucił makaron.

– Nie wiem tylko, z czego zrobić sos – zastanawiał się.

– W tamtej zielonej szafce wyczuwam dobre rzeczy – powiedział Budyń.

Alik zajrzał do szafki. Na półkach stało mnóstwo słoików. Miały tajemnicze napisy: *Pasta carbonara, Pasta bolognese, Puttanesca*...

– Co to jest? – spytała Idalia, która niezbyt znała się na gotowaniu.

– Sosy. Do spaghetti najlepszy będzie ten. – Wyciągnął słoik z napisem *Puttanesca*. – Przygotuję sos, a ty pilnuj makaronu, żeby nie był zbyt miękki.

Idalia zajrzała do garnka. Julka podbiegła do niej.

– Pomogę ci!

– Nie, bo się poparzysz. Odsuń się.

Idalia wyciągnęła widelcem nitkę makaronu.

– Chyba jest dobry.

Chwyciła garnek i zaniosła go do zlewu. Julka poszła za nią.

– Podaj durszlak – poprosiła ją Ida.

– Co to jest?

– Takie sitko z rączką. Tam wisi…

Julka podbiegła do półki, gdzie wisiały na haczykach sita.

Wyciągnęła rękę.

– Chyba nie dosięgnę…

Dziewczynka wspięła się na palce, ale wciąż nie mogła zdjąć żółtego sita. W końcu zawołała ze złością:

– Chodź do mnie! Proszę!

TRACH! Sito zeskoczyło z haczyka. Wpadło wprost do ręki Julki!

Dziewczynka patrzyła na nie ze zdziwieniem.

Ida zawołała:

– Daj mi je!

Julka podbiegła i podała sito. Idalia wlała do niego zawartość garnka, odcedzając makaron.

W tym czasie Alik zrobił sos. Dodał dużo zielonego pieprzu, bo lubił ostre dania. Spróbował.

– Sos jest super – powiedział z dumą. – Obiad gotowy!

Ida postawiła na stole trzy talerze. Alik nałożył spaghetti i polał je sosem. Budyń też dostał miskę makaronu, ale bez sosu, bo go nie lubił.

– Julka, siadaj.

Dziewczynka usiadła na krześle i zaczęła podskakiwać, udając, że jedzie na kucyku. Omal nie spadła.

– Nie wygłupiaj się – powiedziała Idalia. – Umiesz sama jeść czy mam cię karmić?

– Coś ty! – oburzyła się Julka. – Ja nie jestem bobaskiem!

Obejrzała uważnie makaron.

– Jest za miękki – stwierdziła krytycznie. Spróbowała sosu. – Niezbyt dobry. Ja lubię inny sos.

– Jaki? – spytał Alik, trochę obrażony, bo uważał, że przygotował pyszny sos.

– Lubię taki, jaki robi moja babcia – powiedziała Julka.

– Tu nie ma twojej babci – mruknął Alik. – Musisz jeść to, co jest.

– Zjem najwyżej sam makaron – oświadczyła Julka i chwyciła palcami nitkę spaghetti.

– Nie jedz rękoma! – zawołała Ida. – Używaj widelca.

– Chce mi się pić.

– Przyniosę ci sok.

– Ja chcę coca-colę.

– Cola jest niezdrowa.

– Ja chciałabym colę. Proszę.

Rozległo się dziwne brzęczenie. Odwrócili się. W barze na półce podskakiwała puszka coca-coli. TRACH. Spadła na podłogę i potoczyła się do stóp Julki.

Wszyscy patrzyli zdumieni.

– Jak to się stało? – spytała Idalia.

– Chyba... Chyba statek się zakołysał i dlatego puszka zleciała – powiedział niepewnie Alik.

– Statek się wcale nie kołysał – mruknął Budyń.

Julka podniosła puszkę. Chciała ją otworzyć, ale Ida odebrała jej napój.

– Nie będziesz tego pić! – powiedziała.

– To nie będę jeść głupiego makaronu! – zawołała Julka.

– Trudno.

– Nudno – mruknęła Julka.

– Jedz, słyszysz!?

– Brzydnówno! Pieprzówno! Śmierdziówno! – zaśpiewała dziewczynka.

– Ty naprawdę masz trudny charakterek – stwierdził Alik.

– Głupiówno! Ohydnówno! Sikównooo!

– Przestań śpiewać i jedz!

– Nie!

Julka zeskoczyła z krzesła i ruszyła do drzwi.

– Ej... Wracaj! – zawołała Idalia.

Dziewczynka wybiegła z jadalni. Ida i Alik zerwali się i razem z Budyniem popędzili za nią.

Mała siedziała na pokładzie tuż obok burty. Patrzyła na morze.

– Co ty robisz!? – zawołał Alik. – Nie możesz tu siedzieć. Wracaj! Musisz zjeść obiad.

Dziewczynka pokręciła głową i nadal patrzyła na morze. Mruczała coś pod nosem.

– Co mówisz? – spytała Idalia.

– Opowiadam sobie bajkę.

– Chodź zjeść obiad!

– Nie-e.

– O rany – jęknęła Ida. – Jak my sobie z nią poradzimy?

– Musimy zastosować metody wychowawcze – stwierdził Alik.

Był synem nauczycielki i znał się na tych sprawach.

– Jakie metody? – spytała niepewnie Idalia.

– System kar i nagród!

– To znaczy?

– Jak będzie nieposłuszna, to dostanie karę.

– Ona chyba stale jest nieposłuszna – westchnęła Ida.

Alik podszedł do Julki i powiedział surowo:

– Natychmiast wracaj do jadalni i zjedz makaron!

Julka nie odpowiedziała.

– Jak nie wrócisz, to będzie...

– Co? – zaciekawiła się dziewczynka.

– Straszna kara.

– Jaka?

– Coś okropnego. Lepiej nie ryzykuj i chodź na obiad.

Julka siedziała bez ruchu.

– Liczę do trzech – powiedział Alik. – Raz. Dwa... Dwa i pół... Dwa i trzy czwarte... Trzy!

Julka nawet nie drgnęła.

– Alik… I co teraz? – spytała niepewnie Ida.

– No… Trzeba wymyślić jakąś karę. Możemy ją zamknąć w ciemnym pokoju i straszyć pod drzwiami. Na przykład udawać wycie wilków.

– Chyba zwariowałeś! – zawołała Ida. – Chcesz straszyć małe dziecko!?

– No dobra… Żartowałem. Ale jakąś karę trzeba wykombinować.

– Lepiej spróbujmy z tą nagrodą.

Idalia podeszła do Julki.

– Jak zjesz obiad, to dostaniesz…

– Co?

– Coś fajnego.

– Ale co? – dopytywała się Julka.

– Niespodziankę.

– Jaką?

– Nie mogę powiedzieć, bo wtedy nie będzie niespodzianki. A co byś chciała?

– Ja chcę przytulić Budynia. On jest fajny, a wy nie.

Budyń podreptał do Julki.

– Naprawdę jestem fajny? – spytał.

– Najfajniejszy.

Dziewczynka objęła kundelka i go przytuliła.

– No to chodź na ten obiad – powiedział Budyń.

– Dobra.

Julka zerknęła na Alika.

– Zanieś mnie.

– Co!? – oburzył się Alik. – Mam cię nosić? Nie ma mowy. Jesteś niegrzeczna i nie będę…

– Weź mnie na barana i zanieś! Proszę!

Ledwo to powiedziała, Alik skoczył jak szalony w jej stronę. Chwycił dziewczynkę i włożył ją sobie na ramiona, z trudem, bo nie była lekka. Pobiegł z Julką do jadalni. Dziewczynka w czasie „przejażdżki" chichotała.

– Jeszcze raz! – wołała. – Jeszcze raz! Dookoła statku. Jeszcze sto razy! Proszę!

TRACH! Alik gwałtownie się zatrzymał, a potem zaczął biegać dookoła pokładu. Raz, drugi i kolejny. Obiegał pokład bez zatrzymywania, w niesamowitym tempie.

Siedząca na jego ramionach Julka najpierw się śmiała, ale po dziesiątym kółku zaczęła krzyczeć:

– Już wystarczy!

Jednak Alik nadal biegał.

– Już nie chcę! – piszczała Julka. – Chcę zejść!

Usiłowała zeskoczyć z ramion Alika, lecz chłopak trzymał jej stopy. Galopował wokół pokładu jak zwariowany kucyk.

Idalia i Budyń patrzyli na niego niepewnie.

– Ej! Alik, przestań się wygłupiać! – zawołała Ida. – Puść ją!

Alik wciąż biegał dookoła pokładu. Oblewał się potem, sapał, jęczał, ale bez ustanku galopował z Julką na ramionach.

– Starczy! – wrzeszczała dziewczynka. – Puszczaj mnie, wariacie! Zatrzymaj się! Proszę!

TRACH. Alik stanął. Puścił stopy Julki, która natychmiast zeskoczyła na pokład.

Spojrzała niepewnie na Alika. Chłopak stał oszołomiony, nie bardzo rozumiejąc, co się stało.

– No dobra – mruknęła Julka. – Zjem ten głupi obiad.

Pomaszerowała do jadalni.

Ida, Budyń i zdyszany Alik ruszyli za nią. Ida szepnęła:

– Alik… Czemu to zrobiłeś? To miała być kara dla niej? Chciałeś dać jej nauczkę?

– Nie.

– To po co tak biegałeś?

– Nie wiem.

– Jak to nie wiesz?

Weszli do jadalni. Julka grzecznie usiadła przy stole. Makaron na talerzu był zimny i nieapetyczny. Mimo to Julka zaczęła go jeść. Chyba się bała, że jak nie zje, to znów będzie galopować dookoła statku. A raczej nie miała na to ochoty.

– Czekaj, odgrzeję ten makaron. – Alik wziął talerz. – Ida, chodź ze mną.

Oboje poszli do kuchni. Budyń został z Julką.

Alik wrzucił makaron do garnka. Potem odwrócił się do Idalii.

– Tu się dzieje coś dziwnego – szepnął. – Chyba ktoś czaruje…

– Czaruje?

– Tak. Ja biegałem, bo coś mnie do tego zmuszało. Nie mogłem się zatrzymać, rozumiesz!? Jakby ktoś wydał mi magiczny rozkaz.

– Przecież berło jest zniszczone.

– Wiem. Ale wygląda na to, że ktoś nadal wydaje rozkazy. Pamiętasz tę colę? Julka powiedziała, że ją chce, i puszka zaraz spadła.

– Myślisz, że ona ma jakiś magiczny przedmiot? – spytała Ida.

– Na to wygląda.

Idalia zastanowiła się.

– A może to Julka ma magiczną moc?

– To niemożliwe!

– Dlaczego? Ja też kiedyś mogłam czarować – powiedziała Ida. – Zapomniałeś?

– Ale ty nie byłaś zwykłym dzieckiem.

– Może ona też nie jest.

– Jak to sprawdzić?

– Niech wypowie jakieś życzenie. Zobaczymy, co się zdarzy.

Włożyli podgrzany makaron na talerz i poszli do jadalni.

Julka siedziała na podłodze i bawiła się z Budyniem. Alik i Ida podeszli do niej.

– Julka… Czy mogłabyś coś powiedzieć? – poprosiła Idalia.

– Co?

– Spójrz w okno i powiedz: „Chcę, żeby padał deszcz".

– Po co? – spytała nieufnie dziewczynka.

– To taka zabawa. Powiedz to.

Julka zerknęła w okno i powiedziała:

– Chcę, żeby padał deszcz.

Nic się nie zdarzyło. Niebo było błękitne i deszcz nie zaczął padać.

Alik spojrzał niepewnie na Idę.

– A teraz powiedz, że chcesz coca-colę.

– Mówiliście, że cola jest niezdrowa – przypomniała Julka.

– No dobra, to powiedz: „Chcę sok pomarańczowy".

– Chcę sok pomarańczowy – powtórzyła Julka.

Żadnego efektu. Butelki na półce w barze nawet nie drgnęły.

– Jej życzenia się nie spełniają – szepnął Alik. – To po prostu był przypadek.

Julka ziewnęła.

– To nudna zabawa. Chcę iść spać. Jestem zmęczona.

– Dobrze. Poszukamy jakiejś kabiny z łóżkiem.

Kajuty sypialne były na drugim piętrze promu. Niestety wszystkie były zamknięte. Bezskutecznie naciskali klamki kolejnych drzwi.

Julka ziewała. W końcu sama chwyciła klamkę i zawołała:

– Niech te głupie drzwi się otworzą! Proszę!

TRACH. Zgrzytnął zamek. Drzwi kajuty otworzyły się.

– Widzieliście? – szepnęła Ida. – Jej rozkaz znowu się spełnił!

– Nic z tego nie rozumiem – jęknął Alik.

Weszli do kabiny. Julka położyła się na łóżku.

– Musisz zdjąć buty – powiedziała Idalia. – I chyba powinnaś się umyć.

– Jutro się umyję. – Julka zsunęła sandałki i owinęła się kołdrą. – Jest mi smutno – westchnęła.

– Bo nie ma mamy ani taty, ani babci. Zaśpiewajcie mi kołysankę!

– Ja nie umiem śpiewać – powiedział Alik.

– Ja raczej też nie – dodała Ida.

– Zaśpiewajcie kołysankę – powtórzyła Julka. – Proszę!

TRACH. Alik, Ida, a także Budyń stanęli w szeregu. Wyprostowali się i zaczęli śpiewać:

„Aaaa, aaaaa
Były sobie kotki dwa.
Aaaa, aaaa
Szaro-bure, szaro-bure obydwa...".

Po dwóch zwrotkach dziewczynka ziewnęła.

– Już wystarczy – powiedziała.

Alik, Ida i kundelek śpiewali dalej.

– Przestańcie już! – zawołała Julka. – Starczy tej kołysanki!

Dzieci i Budyń próbowali przerwać śpiew, ale nie mogli. Ochrypli, z trudem łapali oddech, lecz wciąż śpiewali:

„Aaaa, aaaaa
Były sobie kotki dwa...".

– Wy jesteście bardziej zwariowani niż moja kuzynka! – stwierdziła Julka. – Skończcie już. Przestańcie śpiewać! Proszę!!!

TRACH! Dzieci i Budyń zamilkli, jakby ktoś ich zakneblował. Przez chwilę trwała cisza. A potem Idalia krzyknęła:

– Już wiem! Rozumiem!!! To się dzieje, kiedy Julka mówi „proszę". Zawsze jak powie to słowo, coś się wydarza.

Ida chwyciła buciki Julki i zawołała:

– Powiedz: „Niech te buty tańczą, p r o s z ę!".

– Niech te buty tańczą, p r o s z ę – powtórzyła Julka.

TRACH. Buty wyrwały się z ręki Idy. Skoczyły na podłogę i zaczęły tańczyć! Podskakiwały rytmicznie. Obracały się i wirowały jak baletnica. Unosiły się w powietrze, robiąc piruety. Wyglądało to niesamowicie.

Julka zapomniała o zmęczeniu i patrzyła z zachwytem na tańczące buty.

Ida zawołała:

– A teraz powiedz: „Buty, przestańcie tańczyć. Proszę!”.

– Ale ja nie chcę, żeby przestały! – zaprotestowała dziewczynka. – To jest superfajne!

– Powiedz!

– Buty, przestańcie tańczyć – powiedziała Julka. – Proszę.

Sandałki znieruchomiały.

– Niesamowite – pisnął Budyń.

– Ale jakim cudem to się dzieje? – szepnął Alik.

Ida usiadła na łóżku obok Julki.

– Powiedz, czy zawsze tak było? – spytała.

– Co?

– Że kiedy o coś prosisz, to dzieją się dziwne rzeczy?

– Nie-e. – Julka zerknęła na dzieci, a potem dodała cichutko: – Ale ja chyba wiem, czemu tak jest.

– Powiedz! To strasznie ważne!

– Powiem Budyniowi.

Kundelek wskoczył na łóżko. Dziewczynka objęła go i wyszeptała na tyle głośno, że pozostali też słyszeli:

– Jak wzięłam berło, to się bawiłam w królową. Powiedziałam, żeby spełniały się moje życzenia, kiedy powiem „proszę". Tak jak w bajce, którą wymyśliłam.

– No to wszystko jasne! – zawołał Alik. – Moc berła przeszła na Julkę. Rozumiecie? Ona przejęła siłę magicznego przedmiotu. Jest teraz magicznym dzieckiem.

Ida patrzyła uważnie na Julkę. Przypomniały jej się czasy, kiedy sama miała ogromną moc. Wiedziała, jakie to trudne. Jakie groźne rzeczy mogą się zdarzyć, gdy ma się tak wielką siłę. Można robić dobre rzeczy, ale niechcący można wywołać katastrofę.

Usiadła obok dziewczynki.

– Julka... Nie mów już dziś słowa „proszę", dobrze?

– Zawsze mi każą, żebym mówiła.

– Ale teraz to jest niebezpieczne. Nawet bardzo! Mów „proszę" tylko wtedy, kiedy cię o to… poprosimy. A teraz już nie myśl o tym. Idź spać.

– Dobrze… Ale siedźcie tu przy mnie, bo się trochę boję. Pro…

– Nie! – pisnął Budyń. – Nie mów!

– Dobrze. Czy położysz się obok mnie, Budyń?

– Jasne.

Kundelek wskoczył na łóżko i ułożył się obok Julki. Dziewczynka przytuliła się do niego. Zamknęła oczy i po chwili już spała.

Noc była ciepła, a morze spokojne. Wielki statek płynął powoli. Na masztach zapaliły się kolorowe światła. Panowała cisza, słychać było tylko łagodne mruczenie silników.

Ida i Alik siedzieli na pokładzie. Budyń został w kabinie. Gdyby Julka się obudziła, miał zaraz ich zawołać.

– Alik! W takich tarapatach jeszcze nie byliśmy – powiedziała Ida. – Nie mam pojęcia, co teraz zrobić.

– A ja uważam, że to jest dobre.

– Dobre?

– Tak. Bo Julka może nas uratować. Jeśli jej moc do jutra nie zniknie, poprosi, żeby statek się zatrzymał. Albo żeby dopłynął do portu blisko wulkanu.

– I co dalej?

– Wysiądziemy z promu. Dostaniemy się na szczyt wulkanu i wrzucimy walizkę z osami do krateru.

– Ale jak się tam dostaniemy? Etna to wysoka góra. Żeby dotrzeć na szczyt, musimy porwać terenowe auto. I zmusić je, żeby samo jechało, bo nie umiemy prowadzić samochodu. Bez berła tego nie zrobimy. Zresztą zaraz złapie nas policja, bo dzieci nie mogą same podróżować. Alik, bez magicznego przedmiotu nie mamy żadnych szans!

– Wiem – powiedział Alik. – Dlatego jest tylko jedno wyjście.

– Jakie?

– Julka musi pojechać z nami na szczyt wulkanu.

– Zwariowałeś! Nie możemy zabierać małego dziecka na niebezpieczną wyprawę.

– Teraz to jest magiczna istota.

– Ale to wciąż pięcioletnia dziewczynka. Nie może się z nami włóczyć!

– Ida, czy zapomniałaś, jakie mamy zadanie? Musimy zniszczyć niebezpieczne potwory. Jeśli się nie uda, będzie katastrofa. Te owady będą wędrować po całym świecie i wbijać żądła w kolejnych ludzi. Wszyscy zmienią się w roboty! My też. – Alik zerwał się. – Mówisz, że nie możemy zabrać Julki. A wiesz, co się z nią stanie, jeśli nam nie pomoże? Zmieni się w robota! Bo ją także użądli stalowa osa. Przestanie być małą dziewczynką. Stanie się robotem, złym i niebezpiecznym. Wszystkie dzieci na świecie zmienią się w roboty. I dorośli! Wszyscy, rozumiesz? Musimy temu zapobiec! Wiesz, że nikt nam nie pomoże, bo nikt nam nie uwierzy. Sami musimy to załatwić.

– Wiem. Ale nie chcę, żeby coś się stało Julce.

– Może wystarczy, że ona zaczaruje samochód, żeby nas zawiózł na wulkan. Wtedy nie musi z nami jechać.

– Alik… A może po prostu wrzucimy tę walizę do morza?

– Myślałem o tym. Ale to jest niebezpieczne.

– Czemu?

– W wodzie walizka zardzewieje i się rozpadnie. Może za miesiąc, może za rok. Wtedy osy się uwolnią. To superroboty z nierdzewnej stali. Wypłyną i pofruną. Katastrofa się odwlecze, ale i tak nastąpi.

– Masz rację. Ten wulkan to jedyne rozwiązanie. Chodźmy do kajuty, bo chyba będzie padać.

Rzeczywiście, niebo zasnuły ciemne chmury. Na horyzoncie przemknęła błyskawica i usłyszeli odległy grzmot.

Była północ. Przez ciemne wody Morza Tyrreńskiego płynął Android. Uparcie podążał śladem promu. Nie odczuwał zmęczenia, lecz jego baterie traciły już moc. Android płynął resztkami energii. Uniósł dłoń, w której miał ekran. Dotknął go. Pojawiła się mapa pogody. Były na niej ikony błyskawic.

– Burza… – szepnął z radością robot. – Idzie burza.

Wkrótce fale stały się wyższe, a księżyc zasłoniły chmury. Po niebie przemknęła błyskawica. Potem następna. Android przestał płynąć. Uniósł ręce ponad wodę i czekał.

Zaczęło padać. Huczały grzmoty. Burza była coraz gwałtowniejsza. Nagle błyskawica rozdarła niebo i uderzyła prosto w Androida. Robot na chwilę rozjarzył się. Kiedy blask przygasł, Android znów zaczął płynąć. Jego baterie zostały napełnione energią i znowu mógł ścigać prom.

Rankiem Alika i Idę obudziło słońce wpadające do kajuty przez okrągłe okienko. Budyń już nie spał. Siedział obok drzwi.

– Czy ktoś może je otworzyć? – pisnął. – Bo muszę wyjść w wiadomym celu.

Alik, ziewając, wyskoczył z łóżka. Uchylił drzwi.

– W nocy padał deszcz! – zawołał. – Zobaczcie, pokład jest mokry.

Ida obudziła Julkę i poszli razem przygotować śniadanie.

Ostrożnie zajrzeli do restauracji. Walizka z osami nadal tam stała. Była zamknięta. Owady nie uciekły.

Poprzedniego wieczoru wyjęli z zamrażarki różne rzeczy do jedzenia. Sery, masło i jogurty. I kiełbaski dla Budynia. W szafce odkryli pyszne powidła i soki. Nie było świeżego pieczywa, ale znaleźli chleb na tosty. Zrobili grzanki, a do tego kakao.

Było ciepło, więc śniadanie jedli na pokładzie widokowym. Przypomnieli Julce, żeby uważała na to, co mówi.

– Pamiętam – powiedziała dziewczynka. – Ja stale o tym myślę. Na przykład nie mogę powiedzieć: „Niech pada deszcz, proszę", bo wtedy...

TRACH! Lunął deszcz. Straszliwa ulewa! Potoki wody popłynęły z nieba!

– Julka!!! Miałaś uważać! – zawołał Budyń, uciekając pod stół.

– Przepraszam, to było niechcący!

– Przerwij ten deszcz! – krzyczał Alik.

– Ale jak?

– Powiedz: „Niech przestanie padać".

– Niech deszcz przestanie padać! Proszę!!!

Ulewa natychmiast ustała. Chmury zniknęły, wyszło słońce.

– Julka, musisz uważać! – zawołał Alik.

– Wiem – westchnęła dziewczynka. – Po prostu mi się pomyliło. To jest strasznie trudne. Nie gniewajcie się na mnie, pro…

– Nie mów!

– Dobra… Jak tylko powiem literki p-r-o, to zaraz ugryzę się w język.

Budyń wskoczył na kolana dziewczynki.

– Julka, musisz naprawdę uważać. Bo wiesz, może się stać coś strasznego. Na przykład przez twój czar pofrunę do morza. I będzie ze mną źle, bo kiepsko pływam.

– Nie chcę, żeby tak było! – zawołała dziewczynka.

– No to musisz pamiętać, że teraz nie jesteś zwykłą Julką – powiedział kundelek. – I to jest trochę niebezpieczne.

Dziewczynka szepnęła:

– Jestem niezwykłą Julką. Zupełnie jak w bajkach, które wymyślam.

– To nie jest bajka – powiedział poważnie Alik. – To jest n a p r a w d ę. Pamiętaj o tym.

Po śniadaniu poszli szukać mostka kapitańskiego, czyli miejsca, z którego kieruje się statkiem. Pomieszczenie było na najwyższym pokładzie.

Poprosili Julkę, żeby otworzyła drzwi.

Dziewczynka zrobiła dumną minę i zawołała:

– Niezwykła Julka rozkazuje, niech te drzwi się otworzą!

Drzwi nie drgnęły.

– Julka, musisz powiedzieć „proszę" – przypomniał Alik.

– Wiem. Chciałam sprawdzić, czy czasem mogę czarować bez tego nudnego proszenia. Ale dobra: „P-r-o… szę".

TRACH. Zamek odskoczył i drzwi się otworzyły. Weszli do dużego pomieszczenia z pulpitem pełnym skomplikowanych urządzeń. Na monitorze była mapa z zaznaczoną trasą. Alik obejrzał ją uważnie.

– Płyniemy w kierunku portu w Katanii – powiedział.

– To dobrze – stwierdzała Ida. – Katania jest blisko wulkanu.

– Zostało jeszcze pięćdziesiąt mil – odczytał Alik.

– Mil? – zdziwił się Budyń. – Co to jest?

– Odległość na morzu mierzy się w milach. Jedna mila ma około tysiąca ośmiuset metrów.

– Dopłyniemy za trzy godziny – dodała Idalia.

– Skąd wiesz?

– Tam jest informacja o czasie, jaki został do końca rejsu.

Wskazała ekran z napisem: NAWIGACJA.

– To znaczy, że niedługo trzeba zatrzymać prom – powiedział Alik.

– Dlaczego?

– Nie możemy wpłynąć do portu. Po pierwsze prom może uderzyć o brzeg i się rozwalić. A po drugie aresztują nas za porwanie statku. Lepiej zatrzymajmy się w pewnej odległości od brzegu.

– A jak dostaniemy się na ląd?

– Popłyniemy motorówką. Na promie są łodzie ratunkowe. Wiszą na burtach.

– Czyli mamy jakieś dwie godziny wolnego – stwierdziła Ida.

– W co się będziemy bawić? – zapytała Julka.

– No…

– Ja wiem! – zawołała dziewczynka. – Będziemy się bawić w chowanego.

– Nie! – zaprotestował Alik. – Bo jeszcze gdzieś wpadniesz albo się zgubisz.

– Ja chcę się w to bawić – uparła się Julka. – Zgódźcie się! Bo inaczej powiem p… r… o…

– Nie mów! – zawołał Alik. – Dobra! Będziemy się bawić w chowanego. Ale nie podchodź do burt, bo spadniesz. I jak powiemy „koniec zabawy", to koniec. Zgoda?

– Zgoda. Wy szukacie, a ja się chowam! – powiedziała Julka. – Liczcie do dziesięciu, tylko powoli. Nie podglądajcie!

Julka wybiegła ze sterowni. Alik zaczął głośno odliczać.

– Raz… Dwa…

– Żeby ona nie zrobiła jakiegoś głupiego czaru – niepokoiła się Ida. – Albo do wody nie wpadła. Licz szybciej!

– Trzy, cztery, pięć…

Julka biegła przez pokład, szukając kryjówki. Wskoczyła za jedną z łodzi ratunkowych stojących obok burty. Przykucnęła.

Alik i Idalia wyszli ze sterowni, wołając: „Szukam!". Zaczęli zaglądać w różne miejsca. Zbliżali się do kryjówki Julki.

Dziewczynka nie chciała, żeby znaleźli ją zbyt szybko. Nagle przyszedł jej do głowy pomysł. Szepnęła:

– Chcę, żeby nie było mnie widać! Proszę!

TRACH. Julka omal nie krzyknęła ze strachu, bo jej ręka rozpłynęła się w powietrzu. Po sekundzie zniknęła druga ręka, a potem nogi i cała reszta.

Julka stała się niewidzialna.

Trochę się wystraszyła, ale zaraz powiedziała:

– Tylko przez chwilkę będę niewidzialna. Potem rozkażę, żeby znowu było mnie widać.

Zadudniły kroki na pokładzie. Ida i Alik podeszli do łódki, za którą ukryła się Julka. Zajrzeli. Patrzyli prosto na Julkę, ale oczywiście jej nie widzieli.

Niewidzialna dziewczynka z trudem powstrzymywała śmiech.

Szukający poszli dalej.

– Gdzie jesteś!? – wołali.

Julce zaczęło się nudzić. Poza tym czuła się trochę dziwnie, nie widząc własnych rąk ani nóg.

– Chcę być znowu widoczna – powiedziała. – Proszę.

Spojrzała na swoją dłoń. Nadal nie było jej widać.

Powtórzyła, trochę rozzłoszczona:

– Chcę być widzialna. Zaraz! Proszę!!!

Nic się nie zmieniło. Dziewczynka nadal była niewidoczna.

Teraz naprawdę się wystraszyła. Zaczęła krzyczeć:

– Chcę, żeby było mnie widać. Proszę. Proszę! Proszę!!!

Nic z tego. Julka wciąż była niewidzialna. Przerażona dziewczynka zerwała się i popędziła tam, dokąd poszli jej przyjaciele.

Alik, Ida i Budyń szukali wszędzie Julki. Byli coraz bardziej niespokojni.

Nagle usłyszeli tupot bucików na pokładzie i wołanie:

– Tu jestem! Ratujcie mnie! Pomóżcie mi!

Odwrócili się, ale nikogo nie zobaczyli. Po chwili Idalia poczuła, że ktoś chwyta ją za rękę. Usłyszała głos:

– Tu jestem… Tutaj…

– Julka, ty jesteś niewidzialna!? – zawołała Ida. – Zrobiłaś czar?

– Tak… Powiedziałam, że chcę być niewidoczna.

– Miałaś nie robić czarów bez naszej zgody! Odczaruj się natychmiast!

– Próbowałam, ale tego nie daje się odczarować. Nie mogę się uwidzialnić! Ratujcie mnie!

– No tak – jęknął Alik. – Czar działa tylko na to, co widać. To znaczy, że nie można odwołać tego czaru. Ona już zawsze będzie niewidzialna.

Julka leżała na łóżku i płakała rozpaczliwie. Oczywiście nie była widoczna. Tylko wgłębienie na kołdrze wskazywało, gdzie leży.

– Nie chcę być niewidzialna – szlochała dziewczynka. – Chcę, żeby było mnie widać. Proszę! Proszę! PROSZĘ!!!

Jej prośby nic nie dawały. Wciąż była niewidoczna.

Ida chciała jakoś Julkę uspokoić. Próbowała ją pogłaskać, ale nie wiedziała, gdzie dokładnie znajduje się głowa dziewczynki.

Łatwiej było Budyniowi. Genialny nos podpowiadał mu, gdzie jest mała. Psiak wskoczył na łóżko i oparł łapki na jej niewidzialnych ramionach.

– Nie martw się – powiedział. – Wymyślimy jakiś sposób, żeby cię odczarować.

– Jaki? – chlipała Julka.

– No… Jeszcze nie wiemy. Ale na pewno coś wymyślimy.

Dziewczynka nie odpowiedziała. Płakała coraz mocniej.

– Biedny dzieciak – westchnęła Ida. – Co my teraz zrobimy?

Nikt nie odpowiedział. Nie mieli żadnego pomysłu, jak cofnąć fatalny czar. Zasada magii była jasna. Czar działa tylko na to, co widać. Czyli niewidzialnej Julki nie można odczarować. To było pewne na sto procent.

Dziewczynka obejmowała Budynia. Kundelek czuł, jak niewidzialne łzy kapią na jego głowę. Patrzył w stronę Julki, ale zamiast niej widział ścianę kajuty. Wisiał tam obrazek z klownem wymalowanym jaskrawymi farbami.

Nagle Budyń zerwał się. Zeskoczył z łóżka, krzycząc:

– Słuchajcie! Chyba coś wymyśliłem! Wiem, co zrobić!

Ida i Alik podbiegli do niego.

– Co wymyśliłeś? No, gadaj!

– Możemy Julkę pomalować. Wtedy będzie widoczna i czar się uda.

– Budyń, jesteś genialny! – powiedziała Idalia.

Przeszukali cały statek w poszukiwaniu farb. Julka otwierała drzwi kolejnych kajut, lecz farb nigdzie nie było. Wreszcie Alik wymyślił, żeby zamiast farb użyć bitej śmietany. Sto puszek ze śmietaną w sprayu znaleźli w kuchni.

Kazali niewidzialnej Julce zamknąć oczy. Potem zaczęli wyciskać na nią bitą śmietanę. Dziewczynka śpiewała, żeby wiedzieli, gdzie jest jej niewidzialna głowa.

Zużyli dwadzieścia litrów bitej śmietany, pokrywając kremem calutką Julkę. Robili to bardzo starannie. Bali się, że jeśli jakiejś części ciała nie „pomalują", to po odczarowaniu pozostanie niewidzialna. A wtedy Julka byłaby bez uszu albo bez nosa!

Dziewczynka wyglądała jak rzeźba ze śniegu albo żywe ciastko z kremem. Ale przynajmniej było wiadomo, gdzie ma ręce, nogi i całą resztę!

– Gotowe! – powiedziała Ida. – Teraz mów życzenie.

– Chcę być znowu widzialna! – zawołała Julka. – Błagam! To znaczy, proszę!

TRACH. Błysnęło światło i powiał wiatr. Potem wszystko się uspokoiło.

Nie byli pewni, czy czar się udał, bo Julkę wciąż pokrywała bita śmietana.

Szybko starli ręcznikiem krem z jej twarzy. Zobaczyli oczy, usta i nos!

– Julka, widać cię! – krzyknął psiak. – Udało się! Jesteś widzialna!

Odetchnęli z ulgą.

Julka uklękła obok kundelka i pocałowała go.

– Dzięki, że to wymyśliłeś. Jesteś najlepszym Budyniem na świecie.

– Teraz jestem Budyniem z bitą śmietaną – zaśmiał się kundelek, bo Julka, całując go, wymazała go kremem.

Ida zabrała dziewczynkę pod prysznic. Umyła ją starannie, zwłaszcza włosy, które okropnie się kleiły. Dopiero po godzinie Julka przestała przypominać truskawki z bitą śmietaną. Przez ten czas jej wyprane rzeczy wysuszyły się na słońcu.

Alik zapukał do drzwi łazienki.

– Ida, Julka! Wyłaźcie... Szybko.

Idalia ubrała Julkę i wybiegły na pokład.

– Co się dzieje?

– Widać ląd! – zawołał Alik. – Musimy zatrzymać statek, bo uderzymy o brzeg i się rozwalimy.

Na horyzoncie był widoczny skalisty brzeg, a dalej port pełen statków.

– Szybko!

Zaprowadzili Julkę do sterowni i wytłumaczyli, co ma mówić.

– Zrozumiałaś?

– No pewnie.

Julka spojrzała na dziób promu i zawołała:

– Niech ten statek się zatrzyma! Zaraz! Proszę.

Coś zgrzytnęło. Silniki przestały pracować. Zapadła cisza.

Prom płynął jakiś czas siłą rozpędu, a potem zastygł w bezruchu.

– Zatrzymał się – powiedział z ulgą Alik. – Teraz musimy spuścić łódź i dopłynąć do brzegu, zanim policja się nami zainteresuje.

Na rufie znaleźli motorówkę zawieszoną na łańcuchach.

Najpierw wsadzili do łodzi walizę z osami. Zrobili to bardzo ostrożnie, żeby przypadkiem nie wpadła do wody.

– Co jest w tej walizce? – spytała Julka.

– Potem ci powiemy. Ale nie dotykaj jej. Nigdy.

Włożyli kamizelki ratunkowe. Pierwsza weszła do motorówki Idalia. Pomogła wsiąść Julce. Posadziła ją na ławce i kazała się mocno trzymać. Do motorówki wskoczyli Budyń i Alik.

Julka wypowiedziała prośbę. Łańcuchy, na których wisiała łódź, zaczęły się rozwijać. Motorówka powoli opadała. Gdy dotknęła powierzchni morza, fale uderzyły w nią, ochlapując wszystkich wodą. Musieli szybko odpłynąć, bo groziło, że roztrzaskają się o burtę promu.

Alik włączył silnik i motorówka ruszyła.

Fale były wysokie. Łódź unosiła się na nich w górę i w dół jak na huśtawce. Myśleli, że Julka będzie się bać, ale dziewczynka śmiała się głośno. Przy każdym podskoku łodzi wołała:

– Łał! Ale fajnie!

Alik skierował motorówkę do odludnej zatoki z niewielką plażą. Nie było tam domów ani ludzi.

Motorówka nie mogła dopłynąć do samego brzegu, bo kilkadziesiąt metrów od plaży zahaczyła o dno.

Wyłączyli silnik.

Ida i Alik zdjęli buty i wskoczyli do wody. Sięgała im do pasa. Alik wziął Julkę na barana, a Idalia z trudem dźwigała walizę. Budyń musiał płynąć.

Blisko brzegu Julka zeskoczyła do wody, bo chciała sobie pochlapać. W końcu dotarli wszyscy na plażę.

– Jesteśmy na Sycylii! – zawołała Ida.

Położyli się na ciepłym piasku. Byli zmęczeni, ale szczęśliwi, że wreszcie są na lądzie.

Leżeli tak przez długi czas. Świeciło słońce, wiał lekki wiatr, a fale leniwie pluskały o brzeg.

W końcu Julka się znudziła i zaczęła budować zamek z piasku. Nie udawało się jej, bo ściany się rozsypywały. Zniecierpliwiona zawołała:

– Chcę, żeby powstał fajny zamek z piasku! Proszę!

– Julka, nie mów tego! – krzyknął Budyń.

Za późno. Piach zawirował jak w czasie pustynnej burzy. Musieli zamknąć oczy, bo pył wciskał się pod powieki. Wreszcie zawierucha ustała.

Dzieci i kundelek otworzyli oczy. Rozejrzeli się zdziwieni. Nie było widać nieba ani morza. Otaczały ich mury z ubitego piasku. Powstał prawdziwy zamek! Był ogromny, a oni byli w środku.

Każde z dzieci znalazło się w innej komnacie. Zaczęli wołać:

– Alik! Idalia! Gdzie jesteście?

– Julkaaa!

– Budyń!

Biegali po zamku. Była to niekończąca się plątanina korytarzy i komnat.

Najpierw Budyń odnalazł Julkę. Siedziała w wielkiej sali na tronie wyrzeźbionym w mokrym piachu. Uśmiechała się dumnie.

– Budyń, fajny zbudowałam zamek, prawda?

Kundelek podbiegł do niej.

– Lepiej stąd uciekajmy.

– Czemu?

– Bo zamki z piasku szybko się rozpadają. Nie chcę, żeby zleciał nam na głowę. Wiejmy stąd!

Julka zerwała się z tronu i pobiegła za Budyniem. W korytarzu spotkali Idę i Alika. Razem zaczęli szukać drogi do wyjścia. Błądzili w piaszczystym labiryncie, nie mogąc odnaleźć bramy.

– Najlepiej poproszę, żeby zamek się rozsypał – stwierdziła Julka, zmęczona długim chodzeniem.

– Nie! – zawołał Alik. – Bo zamek spadnie nam na głowę. Nie możesz zrobić takiego czaru!

– Chyba nie musi – szepnęła Ida, wskazując na ściany. – On sam się rozsypuje.

Faktycznie. Ściany zaczęły pękać. Z sufitów spadały wielkie grudy sklejonego piachu. Zamek zaczął się rozlatywać.

– Zwiewajmy!

Rzucili się do ucieczki. Osłaniali głowy, bo bryły piachu bombardowały ich nieustannie.

Idalia trzymała Julkę za rękę, żeby nie zgubiła się w labiryncie korytarzy. Na szczęście Budyń wywęszył drogę do wyjścia.

– Stamtąd pachnie wolnością! – zawołał. – Tam!

Pognali za kundelkiem. Wkrótce ujrzeli bramę i niebieskie niebo. Kiedy wybiegli, zamek z hukiem się zawalił. Została po nim góra piasku wielka jak piramida egipska.

– O rany... Ale mieliśmy szczęście – odetchnęła z ulgą Ida.

– A gdzie jest walizka? – zapytał Alik.

Rozejrzeli się. Kufra nie było nigdzie widać.

– Jest zasypana! – zawołał Budyń.

Walizka z upiornymi osami została pod górą piachu!

– Jak my ją wydobędziemy? – zastanawiał się Alik.

– Może trzeba ją tam zostawić – zaproponowała Ida. – Osy chyba nie wyjdą.

– Wyjdą. Waliza po jakimś czasie się rozpadnie. Osy przewiercą tunele w piasku i wyfruną.

– No to trzeba ją odkopać – westchnęła Idalia.

Budyń smętnie spojrzał na górę piachu.

– Umiem kopać – powiedział – ale takiej górki nie przeryję do końca życia.

– Julka, narobiłaś strasznych kłopotów! – zawołał Alik.

– Nie krzycz na nią. – Ida przykucnęła obok Julki. – Poproś, żeby ten piasek pofrunął do morza.

Ale powiedz „tylko piasek", bo inaczej walizka też pofrunie.

– Chcę, żeby ten piasek poleciał do morza! – zawołała Julka. – Tylko piasek! Proszę.

Wydma drgnęła. A potem się uniosła i jak żółty obłok pofrunęła nad wodę. Tam piasek zaczął się sypać do morza jak śnieg. Po chwili piaszczysta chmura zniknęła.

– Jest waliza! – pisnął Budyń.

Kufer stał na środku plaży. Dzieci i Budyń podbiegli do niego. Był nieuszkodzony, a wewnątrz brzęczały stalowe osy.

– Powiedzcie mi wreszcie, co jest w tej walizce – poprosiła Julka.

– Chyba trzeba jej to wytłumaczyć – szepnęła Idalia.

Alik podszedł do dziewczynki.

– Siadaj i słuchaj. Powiemy ci teraz coś ważnego. Bardzo ważnego!

Opowiedzieli Julce o Androidzie i o stalowych potworach, które stworzył.

Julka patrzyła niepewnie na kufer.

– Czy te osy nas też pogryzą? – spytała.

– Tak.

– A moją mamę i tatę, i babcię? – dopytywała się dziewczynka.

– Wszystkich. I każdy człowiek zmieni się w robota.

– I każde zwierzę! – dodał Budyń.

– To ja te ohydne robale zniszczę! – zawołała Julka. – Poproszę, żeby przestały istnieć.

– Niewykonalne – powiedziała Ida. – One nie podlegają twoim rozkazom. Nie można ich zniszczyć żadnym czarem.

– To co zrobimy?

– My, to znaczy ja, Alik i Budyń, wejdziemy na szczyt góry, która nazywa się Etna – powiedziała Ida. – To jest…

– Wiem! – przerwała Julka. – To straszny wulkan. Babcia mi o nim opowiadała.

– No więc wejdziemy na ten wulkan. Na szczycie jest krater, a w środku ogień i niesamowita temperatura. Wrzucimy tam kufer z potworami. Wtedy osy się stopią i przestaną istnieć.

– Pójdę z wami – powiedziała stanowczo Julka.

– Nie! Jesteś za mała.

– Nie jestem mała!

– Duża też nie jesteś. – Ida przytuliła Julkę. – Musisz pojechać do babci. Ale wcześniej wyczarujesz dla nas kilka rzeczy, żebyśmy mogli dotrzeć na szczyt wulkanu.

Julka się nadąsała.

– Ja chcę iść z wami. I z Budyniem! On też jest mały.

– Julka, nie możesz się wspinać na wulkan.

– Chcę iść z wami!

– Uwaga! – szepnął nagle Budyń. – Policja przyjechała.

Na drodze obok plaży zatrzymał się radiowóz. Policjant wysiadł i przyglądał się uważnie dzieciom. Potem ruszył w ich stronę.

– Zgubiliście się!? – zawołał. – Pomóc wam? Gdzie są wasi rodzice?

– Wynośmy się stąd – szepnął Alik. – Szybko!

Chwycił walizkę, Ida złapała rękę Julki i poszli brzegiem morza. Budyń obejrzał się.

– Goni nas – powiedział cicho.

Policjant biegł za nimi.

– Stójcie! – krzyczał.

Biegł szybciej niż dzieci. Doganiał je.

– Julka, musisz zrobić czar! – powiedziała Ida. – Rozkaż, żeby on wrócił do radiowozu.

– Mam fajniejszy pomysł – zachichotała dziewczynka. Odwróciła się i zawołała: – Niech pan buduje zamki z piasku. Przez godzinę. Proszę.

Policjant zastygł, a potem opadł na kolana i zaczął kopać w piasku jak mały chłopczyk.

Dzieci i Budyń szybko odeszli.

Wędrowali brzegiem w stronę miasta widocznego po drugiej stronie zatoki. Szło się bardzo trudno. Waliza z osami była koszmarnie ciężka. W dodatku po piasku nie dało się jej ciągnąć. Panował upał. Julka co chwila wbiegała do wody, żeby się ochłodzić.

Po godzinie dotarli do granic miasta. Przy drodze stał billboard: WITAMY W KATANII, MIEŚCIE POD WULKANEM.

W oddali było widać ogromną czarną górę. Na szczycie kłębił się dym.

– To jest Etna – szepnęła Idalia.

– Strasznie wysoka góra – jęknął Budyń. – Będziemy na nią włazić chyba przez miesiąc.

Obok przystanku autobusowego była duża mapa. Podeszli do niej. Ida wskazała na mapie czerwony punkt.

– „Wulkan Etna – przeczytała. – Wysokość trzy tysiące trzysta pięćdziesiąt metrów". Można się tam dostać kilkoma trasami. Zieloną, czerwoną i czarną. Czarna jest chyba najkrótsza.

– Ale czarny szlak jest zawsze najtrudniejszy – powiedział Alik.

Idalia wyciągnęła z przegródki obok mapy ulotkę.

– Zobaczcie! Są wycieczki na wulkan. Jedzie się autobusem, a później quadem. Wycieczki są każdego dnia, co godzinę.

– Ile kosztują?

– Dwieście euro. Od osoby.

– Nie mamy forsy!

– Ale mamy Julkę.

Na ulotce był plan, jak dojść do biura podróży. Wzięli walizę i powędrowali pod wskazany adres.

Biuro mieściło się w zabytkowej kamienicy. Po jednej stronie był bar, a po drugiej drzwi z napisem: BIURO PODRÓŻY ETNA.

– Posłuchaj, Julka – powiedział Alik. – Kiedy tam wejdziemy, powiesz: „Zawieź nas na szczyt wulkanu. Za darmo. Proszę". Ale mów dopiero, kiedy dam ci znak.

– Czy ja też pojadę na wycieczkę? – zapytała Julka.

– Nie! Mówiliśmy ci, ty pojedziesz do babci. Zamówimy taksówkę i poprosisz, żeby kierowca zawiózł cię do babci, rozumiesz?

– Chcę jechać z wami na wulkan! – powiedziała stanowczo Julka.

– Nie możesz!

– To nie będę robić dla was żadnych czarów! – zawołała dziewczynka.

Usiadła na chodniku, obrócona plecami.

Ida podeszła do niej.

– Julka, zrób to, o co prosimy.

– Nie-e.

Julka była uparta. Jak coś postanowiła, to raczej tego nie zmieniała.

– Chyba trzeba ją zabrać na ten wulkan – szepnął Budyń. – Pojedziemy quadem, więc nic jej nie grozi.

– No dobra – westchnęła Ida. – Julka... Chodź tu...

Dziewczynka zerknęła.

– Zabierzecie mnie?

– Tak.

Julka podskoczyła z radości. Podbiegła do dzieci i razem poszli do biura podróży.

Niestety drzwi były zamknięte. Za szybą wisiała kartka: BIURO NIECZYNNE. WSZYSTKIE WYCIECZKI ODWOŁANE.

– Co za pech!

Alik szarpnął ze złością drzwi.

– Ej! Co robisz!?

Z baru wyszedł jakiś brodacz. Podbiegł do nich.

– O co chodzi?

– Pan pracuje w tym biurze? – spytał Alik.

– Jestem właścicielem. Macie jakąś sprawę?

– Tak. My... To znaczy, nasi rodzice – skłamała Ida – chcą pojechać na wulkan.

– Niemożliwe – powiedział brodacz. – Wszystkie wycieczki na Etnę są odwołane.

– Dlaczego? – spytał Alik.

– Bo grozi wybuch.

– Wybuch wulkanu!?

– Tak. Dostaliśmy ostrzeżenie od policji, że wulkan grozi erupcją. Widzicie ten dym? – Wskazał szczyt Etny, nad którym unosiły się ciemne opary. – Kiedy zagraża wybuch, policja nikomu nie pozwala wchodzić na wulkan.

– Ten wybuch będzie dziś? – spytała niespokojnie Ida.

Brodacz zaśmiał się.

– Raczej za sto lat. Naukowcy wciąż straszą wielkim wybuchem, a jakoś go nie ma. Ja tu mieszkam od dziecka i jak widzicie, wciąż żyję, a mój dom stoi. Czasem wulkan wypluje trochę lawy, która spłynie do morza, i to wszystko.

– Był pan nad kraterem? – zapytała Idalia.

– Wiele razy. Krater wygląda jak kocioł z ogniem. Albo jak wrota piekieł. Straszny widok. Trzeba mieć specjalny pojazd, żeby dojechać do krawędzi krateru. Taki jak ten! – Brodacz pokazał quad z sześcioma kołami, który stał przed biurem. – Tylko taki pojazd wjedzie na szczyt Etny. Ale dziś to niemożliwe. Niech wasi rodzice przyjdą za tydzień. Jeśli policja odwoła zakaz, zawiozę ich do samego krateru.

Mężczyzna odwrócił się i poszedł do baru.

– I co teraz? – szepnęła Ida.

Alik nie odpowiedział. Zerknął, czy brodacz nie patrzy przez okno, i podbiegł do quada.

– Może sami nim pojedziemy? – zapytał.

– Rozwalimy się – powiedziała Ida. – Nigdy nie jeździliśmy czymś takim.

– Julka rozkaże, żeby quad jechał bezpiecznie.

Dziewczynka natychmiast wskoczyła do pojazdu.

– Ale fajnie! – zawołała. – Wsiadajcie! Budyń, jedziesz obok mnie, dobra?

Quad był wielki, czteromiejscowy. Miał nawet bagażnik. Ostrożnie umieścili w nim walizkę. Potem usiedli na skórzanych fotelach. Julka i Budyń zajęli miejsca z tyłu. Dziewczynkę przypięli pasami, a ona mocno objęła kundelka.

– Przydałyby się kaski – powiedziała Ida. – Zwłaszcza dla Julki.

– Skąd weźmiesz kaski? – spytał Alik.

– Może są w tym schowku?

Ida otworzyła pojemnik obok fotela. Rzeczywiście leżało tam kilka kasków, był nawet mały, dziecięcy. Założyli je. Tylko Budyń jechał z gołą głową, bo psich kasków nie było.

– Chcę już jechać! – niecierpliwiła się Julka.

– Okej – powiedział Alik. – Poproś, żeby quad pojechał na szczyt wulkanu. Bezpiecznie!

– Jazda na wulkan! – zawołała Julka. – Na sam szczyt! Tylko jedź bezpiecznie, żebyśmy się nie wywalili! P-r-o. Szę!

Ryknął silnik. Quad wystrzelił do przodu jak rakieta. Popędzili drogą tak szybko, że uniosła się za nimi chmura pyłu.

Z baru wybiegł właściciel biura podróży. Patrzył na oddalający się pojazd i krzyczał:

– Ej... Wracajcie! Oddawajcie go!

Ale quad zniknął już za zakrętem.

Na razie droga była równa, asfaltowa. Prowadziła stromo pod górę, ale quad miał mocny silnik. Wspinał się bez trudu.

Wiał silny wiatr, unosząc drobny pył ze zbocza góry. Dzieci zamykały oczy, bo nie miały gogli. Na szczęście Alik nie musiał kierować pojazdem. Zaczarowany przez Julkę quad jechał samodzielnie.

Wulkan piętrzył się przed nimi jak śpiący potwór. Nad kraterem unosiły się kłęby dymu.

Po kilku kilometrach quad nagle zwolnił. Zobaczyli drogowskaz: ETNA – CZARNY SZLAK.

Strzałka kierowała w boczną, gruntową drogę. Pojazd tam skręcił.

– Trzymajcie się! – zawołał Alik. – Teraz zacznie się ostra jazda.

Droga była popękana, pełna dziur i kamieni. Quad pędził, trzęsąc się i podskakując. Żwir pryskał spod kół. Julka musiała z całej siły trzymać Budynia, żeby nie wypadł.

Zbocza góry były zasypane kamieniami wyglądającymi jak węgiel. Czasem omijali wielkie głazy, które przypominały bryły czarnego szkła.

– To są chyba kawałki zastygniętej lawy! – zawołała Idalia, przekrzykując huk silnika.

– Wolałbym, żeby taki kamyk nie spadł nam na głowę – pisnął Budyń.

– Zwłaszcza rozżarzony – dodał Alik.

Obok drogi były szczeliny, z których wydobywał się cuchnący dym. Na zboczach wulkanu nie rosły żadne rośliny. Nie było widać ptaków ani innych zwierząt. Wszystko miało czarny albo szary kolor. Wyglądało to okropnie ponuro.

– Nie podoba mi się tu – powiedziała Julka do Budynia.

– Mnie chyba też nie – westchnął psiak.

Pojazd piął się uparcie w górę. Droga stawała się coraz bardziej stroma. Silnik quada wył i jęczał.

Zrobiło się zimno. Na dole, nad brzegiem morza, był upał, a na górze panował nieomal mróz.

Pojawiły się przed nimi jakieś zabudowania. Zobaczyli zrobiony z kamienia dom z napisem: KOLEJKA LINOWA FUNIVIA DELL'ETNA. STACJA KOŃCOWA. Obok stały słupy połączone liną. Wisiał na niej czerwony wagonik.

– Mogliśmy wjechać kolejką! – zawołała Idalia.

– Ona chyba nie działa – powiedział Alik. – Pewnie jak grozi wybuch wulkanu, to kolejka linowa nie jeździ.

– Zatrzymajmy się na chwilę, bo chce mi się siusiu – poprosił Budyń.

– Mnie też! – zawołała Julka.

Alik nacisnął hamulec, ale pojazd wciąż jechał.

– Julka, musisz poprosić, żeby quad się zatrzymał!

– Niech ten pojazd stanie! – rozkazała Julka. – Proszę.

Quad zwolnił i zatrzymał się przed budynkiem stacji kolejki linowej. Wysiedli z ulgą, bo od ciągłych podskoków byli okropnie poobijani. Wszystko ich bolało.

Budyń pokuśtykał za budynek. Julka, Ida i Alik weszli do wnętrza.

W środku była duża sala z drewnianymi stołami, dalej znajdował się bar, teraz zamknięty. W budynku nikogo nie było. Alik pomyślał, że pewnie wszyscy uciekli, bo grozi wybuch wulkanu.

Ida z Julką pobiegły do toalety.

Alik podszedł do plakatu, na którym był opis wybuchu Etny.

Budyń stał za budynkiem stacji. Wpatrywał się w wierzchołek wulkanu. Zdawało mu się, że zobaczył nad kraterem czerwony błysk. Zjawisko się nie powtórzyło.

Kundelka ogarnął lęk. Miał ochotę uciec jak najdalej od tego miejsca. Z trudem się przemógł i wszedł do budynku.

Dzieci stały obok baru.

– Może coś zjemy i wypijemy ciepłą herbatę? – zaproponował Alik.

Bar był nieczynny, ale dla nich nie było to problemem. Julka powiedziała życzenie i zaraz otworzyła się lodówka, a elektryczny czajnik zagrzał wodę.

Zaparzyli herbatę, a dla Julki przygotowali gorącą czekoladę. Z lodówki wyjęli kanapki i kilka sałatek owocowych.

Zaczęli jeść. Tylko Budyń niczego nie ruszył. Siedział osowiały i milczący.

– Budyń, czemu nie jesz? – spytała Idalia.

Kundelek zerknął na dzieci.

– Czuję niebezpieczeństwo – powiedział cicho. – Ono się zbliża…

– Skąd wiesz?

– Czuję to.

Alik nagle odłożył kanapkę i obserwował kubek z herbatą.

– Widzicie to?

Naczynie lekko podskakiwało. Inne kubki też zaczęły się trząść. Łyżeczki dzwoniły o talerze, a lampy kołysały się pod sufitem. Podłoga drżała pod stopami.

Po chwili wszystko się uspokoiło.

– Co to było? – spytała wystraszona Ida.

– Chyba trzęsienie ziemi – szepnął Alik. – Jak wulkan ma wybuchnąć, to wcześniej są wstrząsy. Góra drży.

– Skąd wiesz?

Alik wskazał plakat na ścianie. Zaczął głośno czytać:

– „Wybuch wulkanu poprzedzają trzęsienia ziemi. W czasie erupcji z krateru wylewają się rzeki wrzącej lawy. Wylatują bomby wulkaniczne, czyli wielkie rozgrzane głazy. Najgroźniejsze są gorejące chmury i lahary…".

– Przestań to czytać! – zawołał Budyń. – Już i tak wystarczająco się boję.

– Alik… To chyba jest strasznie niebezpieczne – powiedziała Ida. – Może się wycofamy?

– Do szczytu jest już blisko. Lepiej szybko tam wjechać. Wrzucimy ten przeklęty kufer do krateru i uciekniemy. Jak chcecie, to pojadę sam, a wy tu poczekajcie.

– Lepiej się nie rozdzielajmy – szepnęła Idalia. – Jeśli coś zacznie się dziać, musimy razem uciekać.

– Słuchajcie, jeżeli mamy jechać, to ruszajmy – pisnął kundelek. – Bo czuję, że zbliża się coś groźnego… Pospieszmy się!

Wyszli ze schroniska. Wsiedli na quada. Julka wydała rozkaz i pojazd ruszył w stronę dymiącego wierzchołka wulkanu.

Droga zrobiła się jeszcze bardziej stroma. Quad jechał z trudem. Czasem zsuwał się kilka metrów i skręcał, szukając innej trasy. Mimo to wspinali się wciąż wyżej i wyżej.

Robiło się coraz zimniej. Na drodze pojawiły się siwe płaty śniegu. Nie mogli schować zmarzniętych dłoni w kieszeniach, bo musieli trzymać się uchwytów.

Widoczność była coraz gorsza. Drogę zasnuły ciemne opary dymu i pachniało spalenizną. Zaczęli kaszleć.

Wreszcie stromizna się skończyła. Jechali teraz po płaskim terenie. Poczuli, że chłód ustępuje. Zrobiło się ciepło. Gorąco! Przez dym widać było coś czerwonego.

Pojazd się zatrzymał.

Kilka metrów przed nimi była olbrzymia dziura w ziemi otoczona czarnymi skałami. Z przepaści biło jasne czerwone światło.

– Jesteśmy na szczycie wulkanu! – zawołał Alik. – To jest krater. Wysiadajcie. Ida, trzymaj Julkę za rękę. Uważajcie, bo tu naprawdę jest niebezpiecznie!

Dzieci i Budyń wyskoczyli z pojazdu. Czuli, jak skała drży pod ich stopami. Słychać było głuche dudnienie, jakby we wnętrzu wulkanu ktoś uderzał w wielki bęben.

Ida chwyciła dłoń Julki. Podeszli do krawędzi krateru i ostrożnie zajrzeli. Przepaść była głęboka. Daleko w dole płonął ogień. Dno krateru wypełniała płynna lawa przypominająca stopiony metal. Na jej powierzchni tworzyły się wielkie bąble, które pękały z hukiem. W kraterze bulgotało jak w gigantycznym garnku z zupą.

Z przepaści biło straszne gorąco i czuć było zaduch, od którego kręciło się w głowie.

Zdawało im się, że huk narasta. Ziemia drżała coraz mocniej. Kamienie odrywały się od krawędzi, wpadały do krateru i natychmiast płonęły. Rozlegał się wtedy syk, jakby w wulkanie siedział wielki wąż.

Ida z całych sił trzymała rękę Julki. Dziewczynka chciała podejść jak najbliżej do krateru. Patrzyła zafascynowana na ogień. Blask płomieni odbijał się w jej dużych oczach.

– Przyniosę walizę! – zawołał Alik.

Pobiegł do quada. Otworzył bagażnik i wyjął kufer. Zaciągnął go na brzeg krateru. Mimo huku wydobywającego się z wulkanu było słychać, jak stalowe osy brzęczą w walizie. Mechaniczne potwory miotały się z furią, próbując się uwolnić.

Alik ustawił walizkę na samej krawędzi przepaści.

– Budyń, trzymaj mnie za nogawkę, żebym nie spadł.

Kundelek podbiegł i złapał zębami spodnie Alika. Wbił łapy w ziemię.

Chłopak oparł dłonie na walizie i pchnął ją z całej siły.

TRACH! Waliza runęła do krateru.

Leciała jak kamień. Po chwili wpadła w płomienie. Waliza zniknęła, ale zaraz się wynurzyła. Unosiła się na powierzchni wrzącej lawy.

Alik wziął od Idalii lornetkę i patrzył z napięciem.

– Topi się! – krzyknął. – Walizka się roztapia!

Kufer rozpuszczał się jak bryła lodu w ognisku. Alik zobaczył mechaniczne osy. Stalowe owady zanurzyły się w rozżarzonej lawie. Pojawiły się wielkie bąble, zaczęły strzelać płomienie.

– Potwory utonęły w lawie! – krzyknął tryumfalnie Alik. – Już ich nie ma! Udało się!

Przerwał mu straszny huk. Ogień w kraterze buchnął w górę, jakby ktoś dolał do niego benzyny.

Wystraszone dzieci odskoczyły.

Góra zatrzęsła się. Skały wokół nich zaczęły pękać. Nagle rozległ się przeraźliwy świst. Z krateru wyleciał rozżarzony głaz wielkości samochodu. Sypiąc iskrami, przeleciał nad nimi i trzasnął w ziemię. Z wulkanu wylatywały następne „bomby”. Spadały dookoła nich. TRACH! TRACH! A potem z krateru wystrzeliły płomienie na wysokość stu metrów.

– Wywołaliśmy wybuch wulkanu! – wrzasnął Budyń.

– Uciekajmy!

Popędzili do quada. Wskoczyli na siedzenia. Budyń wskoczył do bagażnika.

– Julka, mów rozkaz! – zawołał Alik.

Dziewczynka była tak oszołomiona, że nie mogła wykrztusić słowa.

– Mów! – krzyczał Alik. – Szybko!

– Jedź w dół – szepnęła wreszcie Julka. – Uciekaj stąd! Proszę!

Ryknął silnik quada. Ruszyli. Zaczęli zjeżdżać po zboczu wulkanu. Nie zdążyli zapiąć pasów ani założyć kasków, a pojazd tak podskakiwał, że nie mogli już tego zrobić. Musieli z całych sił trzymać się uchwytów.

Budyń w bagażniku turlał się i obijał o ściany, ale przynajmniej nie wypadł.

Uciekli w ostatniej chwili. Gdy odjechali sto metrów, z krateru trysnęła wielka fontanna lawy. Płonąca rzeka popłynęła po zboczu wulkanu. Pędziła za pojazdem, ścigając ich.

– Lawa! – wrzeszczała Ida. – Jest za nami! Dogania nas!

– Uciekajmy!!! – krzyczała Julka. – Szybciej! Proszę!

Pojazd pędził w dół jak szalony. Dookoła pękała ziemia. Na drodze pojawiały się głębokie szczeliny. Żeby je ominąć, musieli skręcać i szukać innej trasy. Na szczęście quadem dało się teraz kierować. Alik ściskał z całej siły kierownicę i prowadził pojazd, omijając rozpadliny.

Wielkie jęzory gorącej lawy płynęły za nimi. Ścigały ich, zbliżając się coraz bardziej.

Co gorsza, z krateru wciąż wylatywały rozżarzone głazy. Przelatywały z przeraźliwym gwizdem nad pojazdem. Spadały niebezpiecznie blisko.

Ida obserwowała, co dzieje się za nimi. Kiedy wulkaniczna bomba nadlatywała, wrzeszczała do Alika:

– Skręcaj w lewo! W prawo!

Alik ostro obracał kierownicę, robiąc uniki. Jeden z głazów pędził prosto na nich. Nie było już czasu na ucieczkę. Wtedy Julka krzyknęła w jego stronę:

– Wynoś się! Zostaw nas! Proszę!

„Bomba" skręciła i rąbnęła w ziemię kilka metrów dalej.

Dojechali do stacji kolejki linowej. Tutaj droga była równiejsza. Alik nacisnął gaz i pojazd przyspieszył. W tej chwili szeroka struga lawy wypłynęła z boku i odcięła im drogę. Musieli się zatrzymać. Rzeka ognia uniemożliwiała przejazd. Chcieli ją ominąć, ale wtedy następny strumień lawy przypłynął z drugiej strony.

Znaleźli się na wyspie otoczonej płomieniami. W jej centrum stał quad, a obok była stacja kolejki. Lawa okrążyła ich ze wszystkich stron. Nie mieli dokąd uciec.

Zrobiło się strasznie gorąco.

Julka zawołała:

– Niech ta głupia lawa przestanie płynąć! Proszę.

Potoki lawy zatrzymały się. Niestety tylko na moment, bo po chwili płonące rzeki znów wypłynęły z krateru. Magia działała na to, co widać, a lawa tryskała z wnętrza Ziemi. Julka nie mogła tu nic zrobić.

POLARIS

Lawa zbliżała się do nich. „Wyspa", na której stali, robiła się coraz mniejsza.

– Kolejka linowa! – wrzasnął Alik.

– Co...

– Chodźcie!

Chłopak zeskoczył z quada. Wziął na barana Julkę. Ida chwyciła Budynia i popędzili do stacji kolejki.

– Alik, co ty chcesz zrobić!? – krzyczała Ida.

– Może uda się uruchomić kolejkę linową. Słupy są wysokie. Przejedziemy nad ogniem!

Wbiegli na peron, skąd wsiadało się do kolejki. Na stalowej linie wisiał wagonik. Był niewielki, ale mogło się w nim zmieścić kilka osób.

– Otwórz się! Proszę! – zawołała Julka, stając przed drzwiami wagonu.

Drzwi odsunęły się.

Ida weszła do wagonika. Pomogła wsiąść Julce. Alik włożył Budynia i sam wskoczył. W ostatnim momencie, bo w tej chwili rzeka rozpalonej lawy wpłynęła na peron.

– Jedź! – krzyknęła Julka. – Niech kolejka jedzie! Proszę!

Wagonik stał nieruchomo.

– Julka, musisz patrzeć w tamtą stronę! – zawołał Alik. – Tam! Na silnik! Odwróć się i teraz powiedz życzenie.

Julka spojrzała na wielki motor zamocowany na końcowym słupie.

– Niech kolejka jedzie! – powtórzyła. – Proszę!!!

Zabrzęczał dzwonek. Motor się uruchomił i wagonik ruszył. Kołysząc się niebezpiecznie, zaczął sunąć po linie.

Pod nimi rozlewało się morze płonącej lawy. Stalowe słupy, na których wisiała lina, były rozżarzone, ale na razie się trzymały. Wagonik kolejki linowej jechał powoli ponad ogniem. Co jakiś czas przefruwały obok nich rozżarzone głazy. Gdy leciały zbyt blisko, Julka prosiła: „Rozsypcie się!". Kamienie eksplodowały, zmieniając się w pył.

33
DELL'ETNA

Stalowa lina kolejki była czerwona od gorąca.

– Chyba wytrzyma – szepnął Alik.

Wreszcie wagonik wyprzedził spływającą lawę. Teraz były pod nimi zwykłe skały. Pojawiła się końcowa stacja kolejki.

Odetchnęli z ulgą.

– Udało się!

W tej chwili coś zgrzytnęło. TRZASK! Pękła lina, po której jechała kolejka! Stopiła się od gorąca.

Wagonik runął!

Spadł na zbocze góry i zaczął się zsuwać po stromiźnie jak sanie. Dzieci i pies przewrócili się na podłogę.

Wagonik zjeżdżał ze stromej góry z niesamowitą prędkością. Minęli dolną stację kolejki. Roztrzaskali płot i gnali dalej w dół, w stronę miasta.

Wagonik pędził jak szalony narciarz. Podskakiwał i odbijał się od skał. Dzieci krzyczały. Ida objęła Julkę, starając się ją ochronić.

Po kilku minutach zwariowanej jazdy wagonik dotarł do podnóża góry. Wpadł na szosę. Przemknął nią kilkaset metrów i wjechał do miasta.

Wagonik z rozpędu pojechał brukowaną spadzistą ulicą. Wpadł na parking obok supermarketu. Uderzył w szereg wózków sklepowych i wreszcie się zatrzymał.

Dzieci leżały na podłodze i oddychały ciężko.

Alik podniósł się powoli. Miał rozdartą bluzę.

– Julka… Ida… Budyń! Jesteście cali?

– Ja chyba jestem w jednym kawałku – pisnął kundelek. – Ale już nie mam ochoty na jazdę kolejką linową. Nigdy!

Idalia i Julka uniosły się z trudem.

– To było lepsze niż wodna zjeżdżalnia – westchnęła Julka. – Tylko że tu jest trochę twardo. Pupa mnie boli. I łokieć.

Idalia obejrzała rękę Julki.

– Masz siniaka. Bardzo cię boli?

– Tak. Ale zaraz się wyleczę.

Julka spojrzała na rękę i coś wyszeptała. Siniak zniknął.

– Już nie boli. Budyń, ciebie też mam wyleczyć?

– Nie. Wszystko jest okej.

Wstali. Z trudem otworzyli drzwi wagonika i wyszli na parking.

Chwiejnym krokiem dotarli do ławki i opadli na nią. Byli wykończeni.

Na szczęście nikt nie zauważył pojawienia się wagonika. Na parkingu było zupełnie pusto. Za to sto metrów dalej, na głównym placu miasta zgromadził się wielki tłum.

Ludzie obserwowali odległy wulkan. Trzymali uniesione telefony. Robili selfie albo filmowali.

Zapadał zmrok. Na ciemniejącym niebie było widać dym i lawę wydobywające się z Etny. Nagle nad wulkanem pojawiło się coś jeszcze. Z krateru wyfrunęły tysiące małych płomyków. Poszybowały w górę, tworząc kulę przypominającą sylwestrowe fajerwerki. Iskry nie gasły. Uporczywie wirowały nad wulkanem. A potem ta ognista chmura zaczęła lecieć w stronę miasta.

Ida chwyciła lornetkę i patrzyła uważnie na to dziwne zjawisko.

– Alik… Tam coś się dzieje… – wyszeptała. – To nie jest ogień. To… To są jakieś stworzenia!

Alik wyrwał jej lornetkę i sam spojrzał.

– To one! – wrzasnął. – Stalowe osy! One nie spłonęły! Wydostały się z wulkanu i lecą tu!

Wielki rój os zbliżał się do miasta. Leciał jak burzowa chmura. Mechaniczne owady były już widoczne gołym okiem.

– Dlaczego to się stało? – jęknęła Ida. – Czemu one nie stopiły się w wulkanie?

– Ja chyba wiem – szepnął Budyń. – Android powiedział, że osy mają być niezniszczalne. Teraz sobie to przypominam. Ich nie można unicestwić!

Rój stalowych owadów był coraz bliżej.

Dzieci siedziały jak sparaliżowane. Zupełnie nie wiedziały, co zrobić.

Wreszcie Alik się zerwał.

– Słuchajcie, trzeba ostrzec ludzi! – zawołał. – Wszyscy muszą się ukryć! My też. Poczekajcie tu! Zaraz wrócę!

Na placu stały tysiące ludzi. Wszyscy patrzyli na stożek wulkanu. Nikt nie zwrócił uwagi na nadlatujące osy. Ludzie myśleli, że to iskry wydobywające się z krateru.

Alik wpadł w tłum.

– Uciekajcie! – krzyczał. – Niech wszyscy uciekają! Schowajcie się w piwnicach albo w schronach! Gdzieś, gdzie nie ma okien. Ukryjcie się! Szybko!!!

Ludzie patrzyli ze zdziwieniem na krzyczącego chłopca. Jakiś mężczyzna, którego Alik potrącił, zawołał:

– Ej, mały! Spokojnie!

– Uciekajcie! – wołał rozpaczliwie Alik. – Wszyscy muszą się schować!

– Nie panikuj, mały! – mruknął mężczyzna. – Wulkan nam tu nie grozi. Lawa spływa do morza, jak zawsze. W mieście nie ma żadnego zagrożenia.

– Nie chodzi o wulkan! – krzyczał Alik. – Lecą tu stalowe osy! One są jadowite! Zmienią wszystkich w roboty.

– Co?

– Musicie się schować, bo staniecie się robotami!

Ludzie wokół Alika roześmiali się.

– Za dużo grasz na PlayStation, chłopcze!

Wrócili do filmowania wulkanu.

Alik biegał po placu, krzycząc rozpaczliwie:
– Chowajcie się! Uciekajcie!

Nikt go nie słuchał.

Zrozpaczony Alik podbiegł do policjanta.

– Proszę pana, niech pan każe wszystkim się schować! Szybko! One tu zaraz przylecą!

Policjant patrzył zdziwiony na Alika.

– Nie rozumiem. Kto leci?

– Stalowe jadowite owady. One zmienią ludzi w roboty. Niech wszyscy się ukryją!

– Co ty wymyślasz?

– Nie wymyślam. One są gorsze od bomby atomowej. Zbliżają się!

– Mały, spokojnie. Gdzie są twoi rodzice?

– Nieważne! Wszyscy muszą się ukryć! Niech pan to ogłosi!

– Chodź ze mną na komisariat. Zajmiemy się tobą. No chodź.

Policjant chwycił Alika za rękę. Chłopiec wyrwał się i pognał z powrotem na parking.

Idalia, Julka i Budyń stali obok sklepu. Ida, blada ze strachu, patrzyła przez lornetkę. Rój os był coraz bliżej. Stalowe skrzydła błyszczały w promieniach zachodzącego słońca.

Przybiegł Alik.

– Nikt mi nie wierzy! – krzyczał. – Ludzie nie chcą się schować. Myślą, że to bajki. Musimy sami się ukryć i...

W tej chwili usłyszeli przeraźliwe brzęczenie stalowych skrzydełek.

Nadleciał rój os.

Tysiące miniaturowych potworów zawisły nad placem. Znieruchomiały na chwilę. A potem rzuciły się na zgromadzony tłum.

Niektórzy ludzie nie zauważyli stalowych owadów, inni oganiali się od nich jak od komarów. Bez skutku.

Osy wbijały diamentowe żądła w kolejnych ludzi. Wyrywały je i frunęły do następnych.

Każdy człowiek, którego ukąsiła osa, zastygał w bezruchu. A potem zaczynał się zmieniać. Jego skóra stawała się metalowa. W nogach i rękach pojawiały się łożyska i silniki. Dłonie przekształcały się w manipulatory. Oczy zmieniały się w kamery. Na metalowej głowie wyrastały anteny i radary.

07

Wszyscy na placu zmienili się w roboty. Każdy był inny. Jedni ludzie przeistoczyli się w stalowe olbrzymy. Inni odwrotnie, skurczyli się, zmieniając się w malutkie maszyny rozmiaru odkurzaczy. Niektóre roboty wyglądały jak połączenie ludzi i czołgów. Zamiast nóg miały gąsienice. Inne poruszały się na kółkach. Jeszcze inne przypominały wielkie telefony na pajęczych nogach. W miejscu głów miały ekrany. Część ludzi zmieniła się w groźne roboty bojowe, najeżone kolcami.

Alik, Ida, Julka i Budyń patrzyli oszołomieni na tę niesamowitą scenę. Stali na skraju placu, więc osy na razie ich nie dopadły.

Budyń oprzytomniał pierwszy.

– Uciekajmy! – wrzasnął. – Musimy się schować! Szybko!

Cała czwórka popędziła ulicą, szukając kryjówki.

Na placu pozostały tysiące robotów. Poruszały się chaotycznie, jakby nie wiedząc, co mają robić. Wymachiwały manipulatorami i wołały:

– Kim jestem!? Człowiekiem? Nie! Nie jestem człowiekiem. Jestem ma-szy-ną. Wszyscy jesteśmy maszynami.

Ich głosy były coraz bardziej mechaniczne, sztuczne.

Nagle roboty umilkły i znieruchomiały. Patrzyły w kierunku morza widocznego po północnej stronie placu. A potem wszystkie maszyny ruszyły. Łomocząc stalowymi stopami, pomaszerowały w stronę nabrzeża. Roboty, które zamiast nóg miały gąsienice, jechały w równych szeregach jak czołgi na defiladzie. Wszystkie zmierzały w kierunku morza. Nad maszynami fruwał rój stalowych os.

Roboty dotarły do brzegu morza i tutaj się zatrzymały. Ich anteny skierowane były w stronę wody. Wszystkie roboty w napięciu na coś czekały. Nagle drgnęły. Cyfrowe oczy zaczęły świecić, rozświetlając wodę laserowymi promieniami.

Daleko na morzu pojawił się jakiś punkt. Zbliżał się. Wśród fal ktoś płynął. Po chwili było już widać głowę jasnowłosego chłopca. Zmierzał w stronę brzegu.

Tysiące robotów pochyliły się w pokornym ukłonie.

Android dopłynął do brzegu. Ociekając wodą, wyszedł na kamienny falochron.

Patrzył na tłum robotów i rój stalowych os. Wyprostował się i krzyknął:

– Jestem waszym władcą! Musicie zawsze być mi posłuszne.

Wszystkie roboty pokłoniły się nisko.

– Tak! – zawołały huczącymi głosami. – Będziemy posłuszne.

Android ruszył przez plac. Roboty rozsuwały się na boki, tworząc szpaler.

„Chłopak" przyglądał się im uważnie, jakby kogoś szukał. Na końcu placu zatrzymał się.

– Nie ma ich – powiedział. – Oni nie zmienili się w roboty. Uciekli!

Uniósł głowę i krzyknął w stronę os kołujących nad placem:

– Musicie ich znaleźć! Oni są niebezpieczni! Macie ich znaleźć i zmienić w maszyny! Teraz!

Rój stalowych owadów zawirował i pofrunął. Osy rozdzieliły się i poleciały w cztery strony świata.

Android uniósł rękę i spojrzał na ekran zatopiony w dłoni. Przesuwały się po nim obrazy z kamer na głowach os.

Alik, Ida z Julką i Budyń biegli główną ulicą miasta. Było tu mnóstwo sklepów i pizzerii, ale wszystkie miały duże okna. Nie mogli się tam ukryć, bo stalowe osy z łatwością mogły rozbić szyby.

– Musimy znaleźć jakieś miejsce bez okien! – krzyczał Alik. – Z grubymi murami.

Biegli jak szaleni, oglądając się co chwila za siebie. Mała Julka ledwo nadążała. Ida trzymała ją mocno za rękę.

Po drodze spotykali przechodniów, którzy nic nie wiedzieli o inwazji os. Spokojnie pili kawę w ulicznych barach albo spacerowali. Patrzyli ze zdziwieniem na biegnące dzieci.

Alik i Ida krzyczeli:

– Uciekajcie! Chowajcie się!

Nikt ich nie słuchał.

Po kilku minutach nadleciały osy. Alik odwrócił się i zobaczył, jak owady żądlą ludzi. Wszyscy natychmiast zmieniali się w roboty. Część os nie brała udziału w ataku. Krążyły nad ulicą, jakby kogoś szukały.

– One chyba polują na nas! – wrzasnął Alik. – Biegnijcie szybciej!

Dzieci i kundelek minęli zakręt ulicy. Zobaczyli żółtą taksówkę stojącą na postoju. Wąsaty kierowca siedział obok na ławce i leniwie przeglądał gazetę.

– Uciekniemy taksówką! – zawołała Ida. – Chodźcie!

Podbiegli do auta. Wskoczyli do środka.

– Niech pan wsiada! – krzyknął Alik do kierowcy.

Zdziwiony kierowca powoli odłożył gazetę. Spojrzał na dzieci i Budynia.

– Nie wożę zwierząt! – mruknął. – Nie możecie jechać z psem!

– Niech pan wsiada! – wrzeszczał Alik.

– Tylko spokojnie! Powiedziałem wam, że nie…

– Musimy uciekać! Szybko!

Kierowca wstał z ławki.

– O czym ty gadasz, mały? – mruknął.

W tej chwili rozległo się brzęczenie. Nadleciało kilka stalowych os. Pierwsza dopadła kierowcy. Wbiła żądło w jego dłoń.

Mężczyzna zastygł na sekundę, a potem zaczął się mutować. Jego skóra nabrała żółtego koloru i metalicznego połysku. Kierowca stał się robotem z lakierowanej blachy! Miał taki sam kolor jak taksówka. Najbardziej niesamowite było to, że na metalowej „twarzy" pozostały wąsy. Poruszały się jak czułki chrabąszcza.

Alik błyskawicznie zamknął okno w samochodzie. W samą porę, bo osy pikowały w ich stronę. Trzasnęły w szybę. Na szczęście nie rozbiły jej, bo samochodowe szyby są mocne. Stalowe owady szykowały się do następnego ataku.

Alik krzyknął:

– Julka! Powiedz, żeby ten samochód jechał!

Dziewczynka wypowiedziała prośbę. Taksówka ruszyła z piskiem opon.

Idalia obejrzała się. Osy ich ścigały. Na szczęście poruszały się wolniej niż samochód.

Dzieci siedziały na tylnej kanapie, więc nie mogły kierować. Julka musiała wciąż wydawać rozkazy. Krzyczała: „Proszę w lewo! Proszę w prawo!". Samochód wykonywał jej polecenia.

Na kolejnym zakręcie Julka nie zdążyła wypowiedzieć prośby. Samochód uderzył w kubeł na śmieci. TRACH! Pękła przebita opona. Samochód zawirował i w końcu się zatrzymał.

– Nic wam się nie stało? – spytał Alik.

– Nie – powiedziała Idalia.

– Julka?

– Jestem cała. Budyń też.

Rozejrzeli się. Po drugiej stronie ulicy stał budynek wyglądający jak twierdza. Miał ściany z kamienia i cztery wieże.

– Tam możemy się schować! – zawołała Idalia.

Wyskoczyli z rozbitego auta i pognali w stronę twierdzy.

– Szybko!

Dopadli do masywnej bramy. Wisiała na niej tabliczka: MUZEUM CASTELLO URSINO – DZIŚ NIECZYNNE. Alik szarpnął klamkę. Drzwi były zamknięte.

– Julka! Otwórz je!

Dziewczynka wypowiedziała prośbę. Wrota z trzeszczeniem się uchyliły. Wskoczyli do wnętrza twierdzy i zatrzasnęli bramę za sobą.

W tej chwili na plac wleciały stalowe osy. Owady krążyły wokół rozbitej taksówki. Potem uniosły się wyżej i fruwały nad placem, poszukując uciekinierów. Na szczęście czujniki owadów nie wykryły, gdzie się schowali.

Osy odleciały.

Dzieci i Budyń stali przy drzwiach i nadsłuchiwali. Brzęczenie owadów ucichło.

– Chyba się wyniosły – szepnęła Idalia.

– Mogą zaraz wrócić – powiedział Alik. – Lepiej nie wychodźmy stąd. Zostańmy tu przez jakiś czas.

Rozejrzeli się. Twierdza była bardzo stara, zbudowana z masywnych kamieni. Na końcu korytarza były otwarte drzwi. Poszli tam.

Znaleźli się w dużej sali. Na ścianach wisiały obrazy pokazujące bitwy morskie i żaglowce.

– Najważniejsze, że nie ma tu okien – powiedział z ulgą Alik. – Osy tu nie wlecą.

Dzieci usiadły na ławce. Były wyczerpane ucieczką i strasznymi przeżyciami. Mała Julka przytuliła się do Idalii.

Siedzieli długo w milczeniu. Wreszcie Alik powiedział:

– Posłuchajcie... Sytuacja jest straszna. Te potwory będą atakować bez końca. To znaczy, że kolejni ludzie będą zmieniać się w roboty. Tutaj i wszędzie. Te osy polecą do innych krajów. Będą żądlić ludzi na całym świecie. One są niezniszczalne, więc nie pokona ich wojsko ani żadna broń.

– To znaczy, że niedługo na świecie nie będzie już żadnego człowieka – szepnęła Idalia.

– Ani żadnego psa! – dodał ponuro Budyń.

– Ja mogę poprosić, żeby roboty znów stały się ludźmi! – zawołała Julka.

– Nie możesz – powiedział Alik. – Rozkazy berła nie działają na to, co stworzył Android. A twoja moc pochodzi od berła. To znaczy, że nie możesz przywrócić robotom ludzkiej postaci.

– To co zrobimy?

– Najpierw musimy się wydostać z tego miasta. Uciec jak najdalej. Tam, gdzie stalowe osy jeszcze nie dotarły.

– Jeżeli wyjdziemy z twierdzy, osy zaraz nas dopadną! – zawołała Idalia.

– A w dodatku w mieście jest pełno robotów – dodał Budyń. – Nie wiemy, czy one nas nie zaatakują.

– No to trzeba tu zostać do rana – powiedział Alik. – Potem zdecydujemy, co robić dalej.

– Jestem okropnie głodny! – westchnął Budyń.

– Może jest tu coś do jedzenia? – powiedziała Julka.

– W muzeum raczej obiadu nie znajdziemy – mruknął ponuro kundelek.

– Trzeba sprawdzić.

Na końcu sali były drzwi do następnego pomieszczenia. Wisiała na nich tabliczka: JAK ŻYLI LUDZIE W ŚREDNIOWIECZU.

Otworzyli drzwi.

– Łał! Zobaczcie! – zawołał Alik.

W sali był długi stół z talerzami pełnymi jedzenia! Wielkie półmiski z pieczonym mięsem i wazy z zupą. Dalej warzywa i owoce. I kielichy wina.

Dookoła siedziały na krzesłach manekiny w starodawnych strojach.

Dzieci podbiegły do stołu. Alik chwycił kawałek pieczonego kurczaka, Ida złapała pomarańczę, a Julka kiść winogron. Spróbowali i wszyscy krzyknęli:

– Fuj! To jedzenie jest sztuczne! Nieprawdziwe!

Owoce były zrobione z plastiku! Kurczaki z gumy, a ciastka ze styropianu. Nawet napoje w kielichach były sztuczne, z żywicy!

Julka okropnie się zdenerwowała:

– Niech to jedzenie będzie prawdziwe! – krzyknęła. – Proszę!

Błysnęło światło. Powiał wiatr.

Obejrzeli półmiski. Niestety jedzenie nadal było plastikowe. Czar go nie zmienił.

– Nie da się czarem przerobić sztucznego jedzenia na prawdziwe – westchnęła Idalia. – To niewykonalne. Pamiętacie, co mówił Korto? Można zrobić tylko to, co jest możliwe.

– No to będziemy głodować – stwierdził smętnie Budyń.

– Wyjdźmy stąd – powiedział Alik – bo od patrzenia na te podróbki będziemy jeszcze bardziej głodni.

Weszli do następnego pomieszczenia. Na środku stało wielkie łóżko z baldachimem. Było też lustro, obok stolik z miską i dzbanem wody. Na łóżku leżał manekin – kobieta w długiej koszuli.

Na planszy był napis: TAK MIESZKALI LUDZIE W ŚREDNIOWIECZNYM ZAMKU.

– Możemy tu spać – powiedział Alik.

Umyli się w misce (niezbyt starannie). Usunęli manekin i położyli się na szerokim łożu. Na szczęście było wygodne, a kołdra tak wielka, że wszyscy się pod nią zmieścili.

Julka przytuliła się do Idy.

– Opowiem wam bajkę – szepnęła. – Zawsze wymyślam jedną przed snem. No więc pewna Julka zgubiła się i goniły ją straszne osy. A potem… Potem… – Dziewczynka ziewnęła. – Nie mam dziś siły wymyślać bajek, bo jestem strasznie zmęczona.

Zamknęła oczy i po chwili już spała.

Ida pogłaskała ją delikatnie po głowie.

– Biedny dzieciak – westchnęła. – Musimy ją z tego wyciągnąć. Uratować ją!

– Może to ona uratuje nas – powiedział cicho kundelek.

– Macie jakiś plan? – spytała Ida.

Alik pokręcił głową.

– Nie potrafię teraz niczego wymyślić.

– Słuchajcie, śpijmy już – powiedział Budyń. – Może rano będziemy mądrzejsi.

– Okej.

Ida i Alik położyli głowy na poduszce. Wkrótce usnęli.

Budyń leżał jakiś czas z otwartymi oczami, czujnie nadsłuchując.

W twierdzy panowała cisza. Nie było słychać brzęczenia os ani żadnych podejrzanych dźwięków.

W końcu kundelek zwinął się w kłębek i także zasnął.

Nad miastem krążyły stalowe osy. Światło księżyca odbijało się w ich lśniących skrzydłach. Cyfrowe oczy przeszukiwały ulice, próbując wyśledzić uciekinierów.

Android stał na placu otoczony setkami robotów. Wpatrywał się w ekran umieszczony w dłoni. Płynęły na nim obrazy przesyłane przez kamery stalowych owadów.

– Nie ma ich... – szeptał Android. – Nie ma... Musimy ich znaleźć. Oni są niebezpieczni. Tylko oni mogą nas pokonać. Musimy ich znaleźć.

Tysiące robotów, które stały wokół Androida, powtarzały mechanicznymi głosami:

– Oni są niebezpieczni. Musimy ich znaleźć. Musimy...

Rankiem dzieci i Budyń obudzili się okropnie głodni. Nie chciało im się wstawać, zwłaszcza że w sali panował półmrok. Leżeli na łóżku w milczeniu. W końcu Julka powiedziała, że chce iść do toalety. Razem z Idalią ruszyły na poszukiwanie łazienki.

Alik z Budyniem także wstali z łóżka. Kundelek westchnął:

– Jestem strasznie głodny.

– Ja też – powiedział Alik.

– Poszukajmy czegoś do jedzenia. Musi coś tu być. Chociaż ćwierć batonika. Albo zapomniany kawałeczek kiełbaski – rozmarzył się Budyń.

Ruszyli na korytarz. Spotkali Idalię i Julkę i razem zaczęli szukać jedzenia. Niestety znaleźli tylko w szatni torebkę z żelkami. Dwoma! Dali je Julce.

– Trzeba wyjść z tej twierdzy, bo padniemy z głodu – powiedział Alik. – Musimy zdobyć jedzenie, a potem porwać jakiś pojazd i uciec z miasta.

– Jak wyjdziemy, użądlą nas te wstrętne osy – szepnęła Julka.

– Wiem, co zrobić! – zawołała Ida. – Julka zmieni nas w niewidzialnych!

– A jak potem wrócimy do widzialności? – spytał Alik. – Mamy się wszyscy smarować bitą śmietaną?

– Nie. Julka poprosi, żebyśmy byli niewidzialni tylko przez godzinę.

– To jest superpomysł! – zawołał Budyń.

Julka wypowiedziała prośbę. Cała czwórka błyskawicznie zniknęła.

Niewidzialne dzieci i kundelek ruszyli korytarzem do głównej bramy. Co chwila wpadali na siebie, bo nie widzieli się wzajemnie.

– Stójcie! – zawołał Alik. – Musimy wyjść z twierdzy razem. Chwyćmy się za ręce, bo inaczej się zgubimy. Ida, gdzie jesteś?

– Tutaj... Tu!

Alik z trudem odnalazł niewidzialną dłoń przyjaciółki. Ida odszukała rękę Julki. Budyń nie musiał nikogo trzymać, bo miał genialny węch. Doskonale wyczuwał, gdzie są niewidzialne dzieci.

Podeszli do bramy. Alik uchylił ją ostrożnie i wyjrzał.

Przed twierdzą nie było widać robotów ani stalowych os.

– Jest czysto! Idziemy.

Niewidzialna czwórka ruszyła w stronę centrum miasta. Alik, Ida i Julka trzymali się mocno za ręce. Gdyby się zgubili, trudno byłoby im się odnaleźć. Przecież nie mogli wołać: „Gdzie jesteś!?", bo jakiś robot mógłby ich usłyszeć.

Na razie żadnych maszyn nie dostrzegli, ale po chwili rozległo się głośne dudnienie. Chodnik zadrżał.

Z bocznej ulicy wyszedł robot. Był wysoki, z błyszczącej stali. Jego ręce przypominały wielkie młoty. Jako człowiek musiał być chyba robotnikiem budowlanym, bo miał żółty kask.

Robot przeszedł obok nich. Kiedy ich mijał, anteny na jego głowie zaczęły się obracać. Robot patrzył przez chwilę w stronę niewidzialnych dzieci, ale nie zatrzymał się. Po chwili zniknął za rogiem ulicy.

– Uff… – odetchnęła z ulgą Ida. – Nie wyczuł nas.

– To znaczy, że możemy bezpiecznie spacerować między robotami – powiedział Alik.

– Nie wiadomo. Inne mogą być sprytniejsze.

– Uwaga! Idzie następny robot – pisnął Budyń.

– To chyba jakaś robocica – powiedziała Julka. – I jej dziecko.

Ulicą szła wysoka maszyna na cienkich stalowych nogach. Ubrana była w suknię i pchała dziecięcy wózek. Wychylał się z niego mały robot wyglądający jak metalowa lalka.

Robocica co jakiś czas pochylała się nad wózkiem. Wsypywała do buzi „niemowlaka" garść żelaznych kulek. Mały robot gryzł je z przeraźliwym zgrzytaniem zębów. Stalowa mama i jej dziecko skręcili w boczną ulicę.

Dzieci patrzyły na to oszołomione.

– To straszne... – szepnęła Ida.

– Nie stójmy tu – powiedział Budyń. – Trzeba znaleźć coś do jedzenia.

Sto metrów dalej była pizzeria. Na schodach siedział gruby robot. Dawniej był chyba kucharzem, bo na głowie nosił białą czapkę. W miejscu brzucha miał lodówkę, a zamiast palców noże i widelce. Słyszeli, jak robot cichutko mruczy:

– Nie chcę... Ja nie jestem... Nie...

Niewidzialni goście cicho, na palcach, ominęli stalowego kucharza i weszli do pizzerii.

Nie było tu żadnych robotów, pewnie dlatego, że maszyny nie jedzą prawdziwego jedzenia.

Alik miał ochotę upiec pizzę, ale nie było na to czasu.

W kuchni znaleźli szklany słój z napisem: ARANCINO. Były w nim kulki z ryżu z różnymi dodatkami. Okazały się pyszne. Do tego zjedli sałatkę z pomidorów. Budyń wywęszył miskę wędzonej szynki pociętej na pasemka.

– Ej… Zobaczcie! Widać jedzenie w brzuchach! – powiedziała nagle Julka. – Ale śmiesznie!

Faktycznie, kiedy połykali jedzenie, było ono widoczne w ich niewidzialnych żołądkach. Jakby unosiło się w powietrzu. Na szczęście trwało to tylko przez chwilę. Potem jedzenie znikało.

Wypili po szklance soku pomarańczowego i chcieli wyjść z kuchni. Wtedy usłyszeli stukanie metalowych stóp.

Wszedł robot w kucharskiej czapce.

Dzieci zastygły. Bały się, że stalowy kucharz zauważy sok w ich niewidzialnych brzuchach. Robot nie zwrócił na to uwagi. Wpatrywał się cyfrowymi oczami w piec do pieczenia pizzy.

– Ja jestem człowiekiem… – mruczał. – Chcę piec prawdziwą pizzę. Mąka… oliwa… pomidory… Prawdziwe jedzenie… To było cudowne! Ja jestem człowiekiem.

Nagle robot podskoczył, jakby poraził go prąd. Wyprężył się na baczność i wydeklamował:

– Nie jestem człowiekiem. Jestem robotem! Maszyną. To wspaniale być robotem. Tak. Maszyny są lepsze od ludzi. Tak. Będę posłuszny!

Znieruchomiał.

– Zwiewajmy – szepnął Alik.

Niewidzialni dzieci i Budyń szybko wybiegli z pizzerii. Na ulicy Ida spytała:

– Są wszyscy? Alik?

– Jestem.

– Julka?

– Tutaj!

– Ja też jestem – pisnął niewidzialny Budyń.

– Słyszeliście, co mówił ten robot? – spytał Alik. – Powiedział: „jestem człowiekiem".

– To znaczy, że niektórzy ludzie nie zmienili się do końca w maszyny – szepnęła Ida. – Może to jest jak z chorobami? Jedni od razu się zarażają, a inni są odporni.

– A ja uważam – powiedział Alik – że niektórzy ludzie już wcześniej zachowywali się jak roboty. To znaczy robili tylko to, co im kazano. Sami nie umieli nic wymyślić. I tacy ludzie od razu zmienili się w maszyny. A inni byli bardziej… samodzielni. I na nich jad działa wolniej. Ale po jakimś czasie oni też zapomną, że byli ludźmi.

– Ja myślę, że dobrzy ludzie przemienili się w dobre roboty – stwierdziła Julka. – A źli ludzie w złe.

– Przestańmy gadać – powiedział Budyń. – Bo niedługo czar się skończy i będziemy widoczni.

– Dobra, idziemy szukać samochodu – powiedział Alik. – Pamiętajcie, że potrzebny jest nam sportowy wóz. Jakieś porsche albo ferrari. Bo w razie problemów musimy być szybsi niż roboty i osy.

Ulica, którą szli, była deptakiem. Nie parkowały tu samochody. Ale wkrótce dotarli do głównej arterii miasta. Tutaj wzdłuż chodnika stało dużo aut. Niestety było też mnóstwo robotów. Wszystkie pracowały.

Jedne roboty malowały ściany domów na szary kolor. Miały dziesięciometrowe ręce, z których tryskała farba. Inne naprawiały chodniki.

Ulicą człapał robot czyściciel, pękaty jak beczka. Na stopach miał wirujące szczotki, które sprzątały śmieci. Z metalowego nosa tryskał strumień wody, polewając chodnik.

Niewidzialni dzieci i kundelek nie zdążyli uciec i fontanna wody ich oblała. Poczuli się jak w automatycznej myjni samochodowej. Co gorsza, stali się widoczni, bo woda zmoczyła ich niewidzialne ubrania. Odbijało się w niej światło.

Na szczęście robot czyściciel poszedł dalej, nie zwracając na nich uwagi.

Dzieci stanęły w słońcu i po kilku minutach ubrania wyschły. Znowu stali się niewidoczni.

Nagle Budyń pisnął:

– Uwaga! Idą jakieś duże złomy. Nie wyglądają zbyt miło…

Z głębi ulicy nadchodziły trzy roboty. Były wysokie i potężnie zbudowane. Miały czarne stalowe pancerze. Kiedyś musiały być policjantami albo ochroniarzami, bo miały oznaki i metalowe czapki na głowach. Wyglądały groźnie.

Czarne roboty szły w stronę dzieci, uderzając miarowo stalowymi stopami. ŁUP! ŁUP! ŁUP!

– Zwiewajmy – szepnęła Julka.

– Nie – zatrzymał ją Alik. – One są za blisko. Usłyszą nas! Stójcie bez ruchu.

– Tylko się nie bójcie – powiedział cicho kundelek – bo strach mocno pachnie. Ich czujniki zaraz nas wywęszą.

– Ja chyba się trochę boję... – westchnęła Julka.

– Cii!

Trzy czarne roboty zbliżały się do niewidzialnych. Kilka kroków od nich nagle się zatrzymały. Z głów robotów wysunęły się jakieś urządzenia. Wystrzeliły z nich czerwone promienie i skanowały miejsce, gdzie były niewidzialne dzieci i kundelek.

Stali nieruchomo, starając się oddychać bezgłośnie. Alik pomyślał, że Budyń ma rację. Ich ciała wydzielają zapach strachu. Czujniki robotów go wyczuły. A może roboty mają kamery termowizyjne i „widzą" ich ciepło? W każdym razie coś wzbudziło ich podejrzliwość.

Nagle czarne roboty drgnęły. Radary na ich głowach zawirowały. Cyfrowe oczy zaczęły migotać.

Alik zobaczył, że tam, gdzie stała Idalia, pojawił się cień. Po chwili zmienił się w obraz dziewczyny. Ida stała się widoczna! Po sekundzie pojawiła się Julka, potem Alik i Budyń.

Minęła godzina i czar przestał działać! Przestali być niewidzialni!

Alik wrzasnął:

– Widać nas! Zwiewamy!

Dzieci i kundelek rzucili się do ucieczki.

Czarne roboty ruszyły za nimi. Chodnik dudnił pod ich ciężkimi stopami.

– Tam! – Budyń skręcił w wąską uliczkę.

Dzieci pobiegły za nim. Liczyły na to, że wielkie roboty nie zmieszczą się na ciasnej ulicy. Ale czarne maszyny ścigały ich uparcie. Uderzeniami stalowych pięści rozbijały balkony domów i łamały latarnie.

– Dopadną nas! – jęknął Budyń. – Musimy znowu zmienić się w niewidzialnych!

– Nie! – zawołał Alik. – Te roboty mają chyba kamery na podczerwień. Znajdą nas!

– Julka! Poproś, żeby wiał wiatr! – krzyknęła Idalia. – W ich stronę! Może się przewrócą.

– Niech wieje wiatr! – powiedziała Julka, patrząc na roboty. – Najmocniejszy huragan! Proszę!

Powiał wiatr tak gwałtowny, że pofrunęły krzesła i stoliki z kawiarnianych ogródków.

Podmuch uderzył w roboty. Niestety wielkie machiny były tak ciężkie, że nawet huragan nie mógł ich wywrócić. Stalowe olbrzymy biegły wolniej, ale i tak doganiały uciekinierów.

– Julka, musisz zbudować barykadę! – krzyknął Alik.

– Co? – spytała dziewczynka.

– Poproś, żeby na ulicy powstała zapora. Ze wszystkich rzeczy, które tu są.

Julka powtórzyła prośbę.

TRACH! Betonowe kwietniki i kubły ze śmieciami zaczęły się przesuwać na środek ulicy. Na nie wspinały się meble z kawiarni i lodówki pełne napojów. Latarnie się łamały, tarasując drogę. Setki przedmiotów ułożyły się w wielką barykadę, która zablokowała ulicę.

Czarne roboty podbiegły do barykady. Na chwilę się zatrzymały. A potem zaczęły niszczyć przeszkodę. Nie było to łatwe, bo zapora była naprawdę wielka. Roboty uderzały stalowymi pięściami i kopały ciężkimi buciorami.

Barykada zaczęła się rozpadać.

– Uciekajmy! – zawołał Budyń.

– Poczekajcie. – Idalia podbiegła do sklepu sportowego, który był obok barykady.

Na półce przed drzwiami leżały elektryczne deskorolki.

Idalia zdjęła trzy hoverboardy i longboarda na czterech kółkach.

– Pojedziemy na tym! – krzyknęła. – Będziemy szybsi! Chodźcie!

Alik i Idalia wskoczyli na deskorolki.

– Ja nie umiem na tym jeździć – powiedziała Julka. – Ale zaraz się nauczę!

Spojrzała na swoje nogi i zawołała:

– Chcę jeździć na elektrycznej deskorolce najlepiej na świecie. Proszę!

Potem wskoczyła na deskę i ruszyła. Pędziła jak szalona. Błyskawicznie wyprzedziła Alika i Idę. Jechała jak mistrz!

– Juhu! – krzyczała, bo jazda sprawiała jej przyjemność.

Alik i Idalia popędzili za nią. Budyń też wdrapał się na deskę, choć zupełnie nie potrafił jeździć. Ale okazało się, że radzi sobie nieźle, bo był niski, więc mało wywrotny. W dodatku jego deska była typu longboard i jechało się na niej trochę łatwiej.

Ulica prowadziła w dół, więc rozwinęli naprawdę dużą prędkość. Potem skręcili w następną uliczkę i w kolejną.

W końcu znaleźli się w ślepej alei zamkniętej murem z ozdobną bramą. Dalej nie mogli jechać.

Przez kratę było widać jakiś park.

– To jest zoo – powiedziała Idalia.

– Zoo? – zdziwił się Alik. – Skąd wiesz?

– Przecież tu jest napisane.

Na bramie była mosiężna tabliczka z napisem: OGRÓD ZOOLOGICZNY – WEJŚCIE SŁUŻBOWE.

– Ukryjemy się tam – zdecydował Alik.

Julka wypowiedziała życzenie i brama się otworzyła.

Kiedy wjechali do ogrodu, zdawało im się, że znaleźli się w jakiejś baśniowej krainie. Rosło tu mnóstwo drzew obsypanych kwiatami. W powietrzu unosił się słodki zapach. Było spokojnie i cicho. Osy chyba tu jeszcze nie trafiły, bo na wybiegach przechadzały się prawdziwe żyrafy i zebry. Dalej za ogrodzeniem bawiły się małe surykatki.

– A zobaczcie to! – zawołał Alik.

Na skałach za fosą leżał wielki gad. Wyglądał bardzo groźnie, jak połączenie krokodyla i smoka.

– Co to jest? – spytał Alik.

– Waran! Nazywają go też smokiem z Komodo – powiedziała Ida. – Oglądałam o nich film. Są bardzo niebezpieczne.

– Wygląda nieprzyjemnie – pisnął psiak. – Wolałbym go nie odwiedzać.

– Słuchajcie, mieliśmy poszukać jakiegoś szybkiego pojazdu – przypomniała Idalia.

– W zoo chyba niczego takiego nie ma – mruknął Alik.

– Nie wiadomo. Trzeba sprawdzić.

– A może ja przyspieszę te deski? – spytała Julka, której podobała się jazda na deskorolce.

– To się nie uda – mruknął Alik. – Przy dużej prędkości pęd powietrza nas zrzuci.

– Zwłaszcza mnie – pisnął mały Budyń. – Ostatnio rzadko jadam obiadki i jestem lekki jak motylek na diecie.

– Trzeba znaleźć jakieś auto – powiedział Alik.

Powędrowali przez ogród zoologiczny, zaglądając za budynki. Niestety znaleźli tylko kolejkę do wożenia dzieci, ale nie nadawała się, bo jeździła zbyt wolno.

Dotarli do okrągłego placyku, na którym stała lodziarnia. Była nieczynna, na drzwiach wisiała kłódka.

– Ale mam ochotę na lody! – powiedziała Julka.

– Ja też – westchnęła Idalia.

– Julka, załatw nam po jednej porcji – poprosił Alik.

– Już się robi! – zawołała dziewczynka.

Podbiegła do drzwi lodziarni.

– Proszę się otworzyć!

Kłódka spadła i drzwi się uchyliły. Dziewczynka weszła do środka. Za chwilę okienko lodziarni się otworzyło i zobaczyli buzię Julki. Udając sprzedawczynię, zaczęła wydawać każdemu po porcji lodów.

– Cytrynowe dla pana! – wołała. – A jakie dla pani? Waniliowe i pomarańczowe, trzy kulki? Już podaję! A dla Julki cztery kulki. Jogurtowe i malinowe!

Dziewczynka bawiła się znakomicie.

Ida pomyślała, że małe dzieci potrafią szybko zapominać o niebezpieczeństwie. Właściwie można im tego zazdrościć.

Usiedli na ławce i jedli lody. Ledwo skończyli, Julka pobiegła po następną porcję.

– Już wystarczy! – zawołała Ida. – Bo rozboli cię brzuch!

– A raczej nie znajdziemy tu lekarza – dodał Alik. – Chyba że chcesz, żeby osa dała ci zastrzyk. Słyszysz!? Zostaw te lody!

Julka nie słuchała. Wbiegła do pawilonu i nałożyła do kubka wielką porcję czekoladowych lodów. Zaczęła je łapczywie jeść.

– Zostaw to! – zawołał Alik. – Nie słyszałaś, co powiedzieliśmy? Już starczy.

Alik i Ida próbowali odebrać Julce kubek, ale dziewczynka mocno go trzymała. W końcu lody spadły na ziemię, zmieniając się w czekoladową plamę.

– Nie lubię was! – zawołała oburzona Julka. Odwróciła się i pobiegła alejką.

– Wracaj! – krzyknął Alik.

Dziewczynka nie słuchała. Uciekła, znikając za żywopłotem.

Alik, Ida i Budyń ruszyli za nią, ale Julka gdzieś przepadła. Nie mogli jej odnaleźć.

– Czy ona zwariowała!? – denerwował się Alik. – Jesteśmy w totalnym niebezpieczeństwie, ścigają nas roboty, a ona się zachowuje jak mała smarkula.

– Alik, ona j e s t mała – westchnęła Ida. – Ma pięć lat.

Zaczęli wszyscy wołać:

– Julka! Wracaj! Julka!!!

Julka przecisnęła się między krzakami żywopłotu i pobiegła równoległą alejką. Dotarła na plac z fontanną.

Zatrzymała się gwałtownie.

Na placu były trzy czarne roboty. Stały tyłem, ale natychmiast się odwróciły.

Dziewczynka rzuciła się do ucieczki.

Roboty ruszyły za nią.

Julka uciekała jak szalona, ale maszyny biegły szybciej. Doganiały ją.

Dziewczynka skręciła w boczną alejkę. Na końcu stał duży pawilon z metalową bramą. Julka postanowiła się tam ukryć.

Podbiegła do bramy. Była zamknięta.

Kroki robotów było słychać coraz głośniej. Zbliżały się.

– Drzwi, otwórzcie się! – krzyknęła Julka. – Proszę!

TRACH! Wielkie wrota rozchyliły się. Julka wbiegła do budynku, krzycząc:

– Drzwi, zamknijcie się, proszę!

Brama z hukiem się zatrzasnęła.

Julka przez szparę obserwowała drogę. Czarne roboty przebiegły obok budynku i pomknęły dalej. Ale mogły zaraz powrócić.

Julka zastanawiała się, co zrobić. „Muszę ostrzec Idę i Alika. I Budynia. Bo inaczej te wstrętne roboty ich złapią".

Nagle usłyszała za sobą kroki. Bardzo ciężkie.

Dziewczynka odwróciła się szybko, myśląc, że to robot. Lecz nie był to robot.

Za Julką stał słoń. Prawdziwy, wielki, szarobiały zwierz. Miał masywną trąbę i długie kły. Był naprawdę ogromny.

– Weszłam do klatki słonia – jęknęła Julka.

Stała bez ruchu, z zadartą głową, patrząc ze strachem na olbrzyma.

Wrota wybiegu były zamknięte. Zresztą gdyby Julka je otworzyła, to i tak nie mogłaby wyjść. Przecież na zewnątrz krążyły roboty.

Wielki słoń wpatrywał się uważnie w dziewczynkę. Zrobił krok w jej stronę.

Julka szepnęła błagalnie:

– Nie rób mi nic złego. Bądź dla mnie dobry! I pomagaj mi. Proszę!

– Julka! Gdzie jesteś!?

Alik, Ida i Budyń szli między wybiegami zwierząt, szukając dziewczynki.

– Julka!!! Wracaj!

Nagle usłyszeli za sobą głośny trzask. Odwrócili się.

Zza drzew wyszły trzy czarne roboty.

Dostrzegły dzieci i kundelka. Natychmiast dopadły do nich i pochwyciły ich manipulatorami.

Największy z robotów złapał Alika. Drugi schwycił Idalię, a trzeci ścisnął ogon Budynia i uniósł psiaka.

– Ała! – krzyczał Budyń. – Puszczaj mój ogonek, ty kupo żelaza! To boli!

Ida i Alik próbowali się wyrwać z uścisku stalowych łap, ale nie mogli się nawet poruszyć.

Roboty uniosły dzieci. Cyfrowe oczy badały je uważnie ze wszystkich stron. Potem z metalowych głów wysunęły się anteny. Jeńcy usłyszeli, jak roboty powtarzają słowo: „OSYOSYOSY". Brzmiało to jak długi pisk.

„Wzywają stalowe osy – pomyślał Alik. – Zaraz tu przylecą i nas użądlą. Zmienimy się w roboty!"

Chłopak raz jeszcze spróbował się wyrwać. Bezskutecznie.

Wtedy rozległ się trzask łamanych gałęzi i odgłos ciężkich kroków. Robot, który trzymał Alika, odwrócił się gwałtownie. Pozostałe także się obejrzały.

Dzieci wysunęły głowy, żeby zobaczyć, co się stało.

Ujrzały niesamowity widok.

Aleją szedł wielki słoń. Kroczył powoli, majestatycznie. Na jego grzbiecie siedziała… Julka! Była wygodnie usadowiona i trzymała się uszu słonia.

Ida, Alik i Budyń patrzyli na to kompletnie oniemiali.

Słoń zbliżył się do robotów.

Julka pochyliła się i szepnęła:

– Pamiętaj, słoniu. Masz być trzy razy silniejszy niż te potwory. Albo lepiej pięć razy! I zrób z nimi porządek. Proszę!

Słoń podszedł do czarnych maszyn. Zatrzymał się kilka kroków przed nimi.

Roboty błyskawicznie odłożyły na trawnik dzieci i kundelka.

Ruszyły w stronę słonia. Były tak wysokie jak on.

Słoń spokojnie obserwował przeciwników.

Stalowe potwory otoczyły go. Jeden zachodził z prawej strony, drugi z lewej. Trzeci robot ruszył prosto na słonia. Wysunął metalową łapę, by pochwycić Julkę. Wtedy słoń machnął trąbą. Udeżył robota. TRACH! Cios był tak potężny, że maszyna się zachwiała i runęła na ziemię.

Pozostałe roboty skoczyły, próbując wbić manipulatory w grzbiet słonia.

Olbrzymi zwierz obrócił się gwałtownie. Jednego robota uderzył kłami. Drugiego trzasnął trąbą. Maszyny przewróciły się. Wtedy słoń kopnął każdego robota potężną nogą. TRACH! Maszyny pofrunęły jak piłki. Przeleciały prawie sto metrów i spadły na trawnik. Próbowały wstać, ale nie mogły się podnieść.

Trzeci robot zerwał się i runął na słonia. Złapał jego kły. Słoń opuścił głowę jak atakujący byk. Zaparł się potężnymi nogami. Ryknął i ruszył do przodu.

Słoń jest silnym zwierzęciem, a czar Julki zwielokrotnił jego moc. Robot nie mógł go zatrzymać. Słoń pchał go kilka metrów, aż dotarli do wybiegu warana. Słoń machnął łbem. TRZASK! Robot pofrunął i wpadł do fosy. Bezskutecznie próbował wstać. Woda ściekała po stalowym cielsku, a z głowy strzelały iskry. Wilgoć wywołała zwarcie i robot bezradnie się kręcił, aż wreszcie znieruchomiał.

Waran podpłynął do niego, szczerząc zęby.

Alik, Ida i kundelek podnieśli się z trawnika i niepewnie podeszli do słonia.

Julka siedziała z dumną miną na jego grzbiecie.

– Fajnie to wymyśliłam, prawda!? – zawołała.

– Ale jak ty to zrobiłaś? – spytał kundelek.

– Po prostu poprosiłam słonia, żeby był po naszej stronie. I powiększyłam jego siłę. Chociaż on i tak był bardzo silny.

– Czy on nic nam nie zrobi? – spytała Ida.

– Nie-e. On jest dobry. – Julka pogłaskała słonia po głowie i szepnęła: – To są moi przyjaciele. Masz ich lubić. Proszę. Możecie go teraz pogłaskać! Nie bójcie się.

Idalia i kundelek zbliżyli się do potężnego zwierzęcia. Ida ostrożnie dotknęła jego nogi grubej jak pień drzewa.

– O rany. Jeszcze nigdy nie stałam tak blisko słonia.

– Słuchajcie, musimy stąd uciekać! – powiedział Alik. – Te roboty wezwały osy. Zaraz tu przylecą.

– W jaki sposób uciekniemy? – spytał kundelek. – Nie mamy żadnego pojazdu!

– Pojedziemy na słoniu! – zawołała Julka.

– Co!? Na słoniu?

– Tak. On teraz będzie naszym samochodem. To znaczy słoniochodem. Wsiadajcie!

– Chyba zwariowałaś!? – zawołał Alik. – Mamy jechać na słoniu? Roboty nas dogonią. A jak będzie ich setka, to rozwalą i słonia, i nas.

– Nadam mu taką szybkość, że on ucieknie wszystkim robotom! Właźcie.

– Chyba możemy spróbować – powiedziała niepewnie Ida. – W Indiach ludzie jeżdżą na słoniach. Tylko trzeba zrobić jakieś siodło, bo inaczej spadniemy.

– Może tamte koszyki? – zaproponował Budyń, wskazując duże wiklinowe kosze stojące na trawniku. Była w nich trawa i liście.

Związali kosze liną znalezioną w domku z narzędziami. Gorzej było z założeniem ich na grzbiet słonia. Zwierzę było wysokie, a oni nie mieli drabiny. Widząc ich bezradne wysiłki, słoń złapał trąbą „siodło" i zarzucił je na swój grzbiet. Alik z Idą wspięli się do koszy, każde do innego.

– A ja? – zawołał kundelek. – Pomóżcie mi! Jestem troszkę mniejszy od słonia.

Ledwo to powiedział, a słoń chwycił go trąbą i uniósł.

– Ostrożnie, duży… – piszczał Budyń. – Jestem delikatnym kundelkiem!

Olbrzym łagodnie włożył psiaka do kosza, w którym siedziała Idalia.

W tej chwili usłyszeli brzęczenie. Jazgot setek wibrujących skrzydeł.

– Osy lecą! – krzyknął Alik.

Nadlatywał rój stalowych owadów. Pędziły w ich stronę.

– Jazda, słoniu! – zawołała Julka.

Słoń ruszył. Dotarł do bramy. Była dla niego zbyt ciasna, więc przewrócił ją uderzeniem trąby i wybiegł na ulicę.

Alik obejrzał się. Osy leciały za nimi.

– Szybciej! – krzyknął. – Doganiają nas!

W wąskiej uliczce słoń nie mógł rozwinąć pełnej prędkości. Co chwila zahaczał o latarnie i reklamy wiszące nad ulicą. Urywał je i łamał.

Wreszcie wydostali się na główną arterię miasta. Tam słoń mógł się wreszcie rozpędzić. Galopował niesamowicie szybko.

Alik się obejrzał. Osy zostały daleko z tyłu. Widocznie małe potwory nie potrafiły lecieć z taką prędkością.

Do ogrodu zoologicznego wszedł Android. Za nim maszerowało wiele robotów. Android patrzył na ekran zamontowany w dłoni. Był na nim obraz z kamery na głowie osy. Widać było dzieci jadące na słoniu. Uciekinierzy oddalali się i po chwili zniknęli za horyzontem. Stalowe owady nie potrafiły ich doścignąć.

Android uniósł głowę znad ekranu. Spojrzał na uszkodzonego robota leżącego w wodzie. Wokół maszyny pływał wielki waran. Gad co chwila otwierał paszczę i szczerzył ogromne zęby.

Android przyglądał mu się uważnie. Potem sięgnął do kieszeni i wyciągnął osę. Królową stalowych os! Była większa od reszty. Miała długie żądło i czarne skrzydła.

Robot cisnął osę w stronę warana. Wylądowała na wielkim gadzie. Wbiła żądło, przebijając twardą skórę.

Waran na chwilę zastygł. A potem zaczął się transformować w robota. Rósł i potężniał. Po chwili gad zmienił się w ogromną maszynę. Jego cielsko pokryło się pancerzem ze stali i szarego tytanu. W potężnych łapach złowrogo błyszczały metalowe pazury. Na ogonie wyrosły długie kolce.

Stalowy waran był olbrzymi. Większy niż jakikolwiek robot, który powstał po inwazji os.

Na jego grzbiecie była kapsuła, pancerna kabina, jak w czołgu. Prowadziły do niej schody.

Królowa os powróciła do Androida, który złapał ją i ukrył w kieszeni. Potem wspiął się na grzbiet warana. Wszedł do kabiny i krzyknął:

– Naprzód.

Stalowy potwór ruszył. Ziemia drżała pod jego stopami.

Słoń biegł ulicą w stronę granic miasta. Domy ustąpiły miejsca polom i winnicom.

Olbrzymi zwierz wybiegł na szosę i zaczął pędzić jeszcze szybciej. Poruszał się lekko i bez wysiłku. Wcale nie czuł ciężaru dzieci i kundelka. Galopował jak koń wyścigowy.

Julka, mimo protestów Idy, wyszła z kosza i usiadła na grzbiecie słonia, trzymając się mocno jego uszu. Wiatr rozwiewał jej włosy, a dziewczynka pokrzykiwała głośno. Nie bała się wcale. Jazda sprawiała jej wielką radość.

– Czy wiemy, dokąd jedziemy? – spytał Budyń, wysuwając łepek z kosza.

– Ja wiem! – zawołała Julka.

– No to może nam to powiedz! – burknął Alik, który od ciągłego potrząsania miał zawroty głowy.

– Poprosiłam słonia, żeby zawiózł nas do mojej babci – powiedziała Julka.

– Co? Do babci?

– Tak. Ona jest fajna. Gotuje pyszne obiady i umie wymyślać bajki jeszcze lepiej niż ja.

– Na pewno osy już tam przyleciały – powiedział Alik – i twoja babcia jest teraz robotem kuchennym.

– Na pewno nie. Babcia umie sobie poradzić ze wszystkim.

– A skąd wiesz, jak się do niej dostać?

– Nie wiem. Ale on wie. – Julka poklepała słonia po głowie. – Podałam mu adres, a mój słoń na pewno znajdzie drogę. Przecież go o to poprosiłam.

Ich „pojazd" nagle zaczął zwalniać. Dzieci rozglądały się zdziwione, bo dookoła nie było żadnych domów. Na pustym polu rosło tylko kilka drzew. Obok płynął strumień.

Słoń ostrożnie zszedł z drogi i podbiegł do strumienia.

– Julka… Czy twoja babcia tu mieszka? – zdziwił się Alik.

– Nie-e – powiedziała mała. – To nie jest tutaj.

– To po co słoń tu wlazł?

– Chyba musi zatankować – zaśmiał się Budyń.

Faktycznie, słoń zatrzymał się obok strumienia. Włożył trąbę do wody i długo pił. A potem zaczął się oblewać. Uniósł trąbę i tryskał w górę fontannami wody.

– Ej! Duży… Starczy tej ulewy! – piszczał Budyń, który został kompletnie przemoczony.

Inni też byli mokrzy, ale było to przyjemne, bo panował wielki upał.

Po kąpieli słoń podszedł do drzewa i zaczął jeść liście i jakieś owoce. Jeden spadł do kosza. Ida zawołała:

– To są mandarynki!

Wdrapała się na grzbiet słonia i zerwała po kilka owoców dla każdego. Mandarynki były słodkie i soczyste. Nawet Budyń zjadł jedną, choć wolałby oczywiście, żeby na drzewie rosły kiełbaski.

Po krótkim odpoczynku słoń wrócił na szosę. Znów zaczął pędzić w stronę zachodzącego słońca.

Dzieci były bardzo zmęczone. Monotonne kołysanie działało usypiająco. Julka skuliła się na dnie kosza z głową na kolanach Idy. Niedługo później zasnęła. Potem sen zmorzył także Idalię i Budynia. Alik starał się czuwać, bo się bał, że nadlecą osy i zaatakują ich podczas snu. Ale wkrótce on także usnął.

Słoń niestrudzenie biegł szosą. Zapadł zmrok, zza chmur wyłonił się księżyc. Jego blask posrebrzył pola i drogę.

Po godzinie słoń zwolnił i zatrzymał się. Rozglądał się uważnie. Od szosy odchodziła boczna polna droga. Słoń skręcił tam.

Droga biegła jarem, po obu stronach były spadziste zbocza obrośnięte białymi kwiatami. Słoń galopował jeszcze parę kilometrów. Wreszcie za kolejnym zakrętem wyłoniło się morze. Nad brzegiem stał niebieski dom otoczony krzewami winorośli i drzewkami pomarańczowymi. Słoń podszedł do domu. Zatrzymał się i głośno zatrąbił.

Alik się obudził i wyjrzał z kosza. Wyrwany ze snu przez chwilę nie mógł pojąć, gdzie jest i dlaczego siedzi na słoniu. Wychylili się Ida i Budyń. Potem wysunęła się rozczochrana głowa Julki.

– To jest dom mojej babci! – zawołała z radością dziewczynka.

Julka nacisnęła klamkę. Niebieskie drzwi otworzyły się z cichym trzeszczeniem.

– Babciu, jestem! – wołała dziewczynka, wchodząc do korytarza. – Przyjechałam! I moi przyjaciele są ze mną… Babciu!

Nikt nie odpowiedział.

Weszli do dużego pokoju z kanapą i dywanem w wesołym żółtym kolorze. Dalej była kuchnia ze stołem przykrytym niebieskim obrusem.

– Halo! Babciu!

Żadnej odpowiedzi.

– Babciu! – wołała Julka. – Przyjechałam! Babciu! Gdzie jesteś?

Cisza. Wyglądało na to, że w domu nikogo nie ma.

– Może gdzieś wyszła? – powiedziała Ida.

– Przecież drzwi były otwarte – pisnął kundelek.

– Babcia nigdy nie zamyka drzwi.

– A może… – szepnął Alik.

– Co?

– Może osy tu są i… No wiecie… Ukąsiły ją i zmieniły w robota.

Rozglądali się niespokojnie. W domu nie było widać żadnego robota. Nie było też słychać brzęczenia os.

– Tam jest jakaś kartka! – zawołała Idalia.

Podbiegli do okrągłego stolika, na którym leżała karteczka przyciśnięta staroświeckim barometrem. Ida wzięła ją i przeczytała:

– „Pojechałam do Katanii, żeby odebrać was z portu. Jeśli przyjedziecie autobusem, to kolacja jest lodówce. A ulubione ciasteczka Julci są w kredensie".

– Twoja babcia pojechała po ciebie do miasta! – zawołał Alik. – A to znaczy…

– Co? – Julka patrzyła niespokojnie.

Ida pociągnęła Alika za rękaw.

– Cicho… Nie mów jej.

Julka pochyliła głowę i szepnęła:

– Ja wiem… Jak babcia pojechała do miasta, to osy ją tam dopadły. I zmieniła się w robota, prawda?

Alik przytaknął.

Wtedy Julka zaczęła płakać. Wcisnęła twarz w dłonie i łkała rozpaczliwie.

Idalia przytuliła ją, ale dziewczynka się wyrwała i wybiegła do ogrodu. Usiadła na trawie obok słonia. Płakała coraz mocniej.

Ida, Alik i Budyń podeszli do Julki i próbowali ją uspokoić.

Dziewczynka podniosła zapłakaną twarz. Krzyknęła:

– Jeżeli te wredne osy zrobiły coś babci, to ja je wszystkie porozwalam! Pojadę na słoniu do miasta i je zniszczę. Zatłukę je! Wszystkie zniszczę!

– Ich nie można zniszczyć – westchnął Alik.

– Na pewno jakoś można. Ja coś wymyślę. Jestem najlepsza w wymyślaniu. Babcia zawsze mówi, że mam największą wyobraźnię. Muszę ją uratować, i wszystkich ludzi.

– Julka... – szepnęła Ida. – Nie płacz. Może jutro coś wymyślimy... Teraz chodź do domu.

Zabrali zapłakaną dziewczynkę do sypialni i położyli do łóżka.

Alik obszedł budynek. Zamknął starannie wszystkie okna i drewniane okiennice, żeby małe potwory nie wtargnęły do wnętrza, jeśli tu przylecą.

Potem wszyscy poszli do łóżek.

– Myślicie, że osy tu trafią? – szepnęła Idalia.

– Tak. Przylecą wszędzie – powiedział ponuro Alik. – Znajdą każdego człowieka na świecie i zmienią go w maszynę.

– Trzymamy wartę? – spytała Ida.

– Chyba nie dam rady – westchnął Alik. – Lepiej się wyspać, żebyśmy jutro mieli siłę do walki.

Rankiem obudziły ich promienie słońca wpadające przez szpary w okiennicach.

Wstali i przygotowali śniadanie. W kuchni znaleźli mnóstwo smakołyków: dżemy i kompoty w słojach, ser w glinianym naczyniu i migdałowe ciastka.

Najbardziej smakowały im powidła z pomarańczy i pyszny ser o brązowej skórce.

Julka chciała wyjść z domu, żeby nakarmić słonia, ale Ida ją zatrzymała.

– Czekaj. Najpierw trzeba sprawdzić, czy w okolicy nie ma os.

– Nie ma – powiedziała Julka.

– Skąd wiesz?

– Ja chcę wyjść…

– Mówię ci, że nie możesz na razie wychodzić. Chcesz, żeby osy zmieniły cię w robota?

– Czekajcie – przerwał Alik. – Mam jeden pomysł.

Poszedł do korytarza i wziął ze stolika mosiężny barometr. Wyglądał jak duży budzik, ale zamiast godzin pokazywał zmiany pogody. Alik obejrzał go uważnie.

– Może przerobimy to na wykrywacz?

– Jaki wykrywacz? – zdziwiła się Ida.

– Detektor os. Urządzenie, które z wyprzedzeniem wykryje, że potwory nadlatują. Wtedy będziemy mieć czas, żeby się ukryć.

– Julka ma użyć czarów? – spytała Ida.

– Tak. Niech poprosi, żeby barometr zmienił się w wykrywacz os. Może się uda.

Postawili barometr na stole. Dokładnie wytłumaczyli Julce, o co ma prosić.

– Jeżeli się uda, to będę mogła pójść do słonia? – spytała dziewczynka.

– Tak – odpowiedział Alik. – Jeśli detektor nie pokaże, że lecą osy.

– Dobra.

Julka spojrzała na barometr i wypowiedziała prośbę.

Najpierw nic się nie działo. Aż nagle barometr podskoczył. Części w jego wnętrzu zagrzechotały. Z obudowy wysunęły się dwie anteny. Pojawiły się jakieś lampki. Litery na cyferblacie zawirowały i ułożyły się w nowy napis. Po chwili wszystko się uspokoiło.

Podeszli i uważnie obejrzeli urządzenie. Na strzałce, która przedtem wskazywała zmiany pogody, był teraz napis: OSY. Na razie urządzenie było nieaktywne. Wskazówka leżała obojętnie w dolnej pozycji.

Wzięli wykrywacz i poszli do korytarza. Alik uchylił drzwi. Wysunął rękę z detektorem. Uważnie obserwował tarczę, ale strzałka nawet nie drgnęła.

– Zaczekajcie tu – powiedział.

Chłopak wyszedł i zaczął chodzić wokół domu z wykrywaczem os w ręku. Pobiegł nawet nad brzeg morza.

Wykrywacz nie wykazał obecności os. Jeśli urządzenie nie kłamało, to latających potworów w okolicy nie było.

– Jest czysto! – zawołał Alik. – Możecie wyjść!

Ida, Julka i Budyń wyszli z domu. Julka pobiegła do słonia.

– Cześć, malutki! Zaraz dostaniesz śniadanie.

Razem z Idą przydźwigały wielką beczkę. Wężem do podlewania napełniły ją wodą, żeby słoń mógł się napić. Oprócz tego zrobiły mu prysznic, polewając go obficie.

Potem Julka przyniosła koszyk z owocami i sałatą. Zaczęła podawać jedzenie słoniowi. Nie było tego wiele, więc potężny zwierz poszedł do ogrodu i zrywał trąbą pomarańcze i kiście winogron. Julka pobiegła za nim.

– Nie odchodź daleko! – zawołała Idalia.

Julka nie odpowiedziała.

Ida i Alik usiedli na wiklinowych fotelach przed domem. Budyń położył się wygodnie na trawie.

Świeciło słońce i było ciepło. Poczuli się jak na wakacjach. Roboty i straszne osy, to wszystko wydawało się tutaj nierealne.

Idalia zerwała kiść winogron i umyła je pod strumieniem wody z węża. Potem dla żartu oblała Budynia i Alika.

– Ej… Przestań się wygłupiać! – zawołał Alik.

Podbiegł, wyrwał Idalii wąż i skierował go na dziewczynę. Ta zaczęła uciekać i rzucać w Alika kulkami winogron.

– Czy wyście zdziecinnieli!? – zawołał Budyń. – Będę do was mówić „Julki"! Albo…

Przerwało mu terkotanie dzwonka. Coś dzwoniło głośno jak alarm w budziku.

– Słyszycie to? – spytał Budyń. – Coś dzwoni?

– To wykrywacz! – wrzasnął Alik.

Podbiegł do stołu. Wykrywacz os podskakiwał i dzwonił jak szalony. Migotało światełko. Wskazówka wirowała. Nagle się zatrzymała, wskazując jeden kierunek.

– Detektor wykrył osy! – jęknął Alik. – One tu lecą! Chyba są blisko. Ukryjmy się w domu! Szybko! Musimy się zabarykadować i…

– Julka gdzieś poszła – przerwała mu Ida. – Trzeba ją znaleźć!

Rozejrzeli się. Dziewczynki nie było widać w ogrodzie. Zaczęli krzyczeć:

– Julka! Wracaj! Julka!!!

Nikt nie odpowiedział.

Budyń zaczął węszyć.

– Ona chyba poszła nad morze.

Pobiegli tam. Alik ściskał w dłoni wykrywacz os. Ścieżka prowadziła przez ogród. Minęli sad z drzewami pomarańczowymi. Dalej dróżka biegła w dół, na plażę.

W odległości kilkuset metrów zobaczyli słonia. Stał po kolana w wodzie. Julka biegała przy brzegu i chlapała na niego.

– Julka, chodź tu! – zawołała Ida. – Wracaj! Szybko!

Dziewczynka jej nie usłyszała. Szum fal zagłuszał wołanie.

Alik, Ida i Budyń zaczęli krzyczeć razem:

– Julkaaa! Wracaj! Osy tu lecą!!!

Wykrywacz znów zadzwonił. Światełko migotało coraz prędzej. Strzałka drżała, kierując się raz w lewo, raz w prawo.

– Leci klika os – szepnął Alik. – Zbliżają się!

– Julka! – wrzeszczała Ida. – Chodź tu!!!

Dziewczynka nadal nie słyszała wołania. Była odwrócona tyłem i bawiła się ze słoniem.

– Pójdę po nią – powiedział Alik. – Ida, bierz wykrywacz i biegnijcie z Budyniem do domu. Zaraz do was przyjdziemy!

Podał detektor Idalii i popędził w stronę plaży.

Wykrywacz dzwonił coraz głośniej.

– Alik, szybko! – krzyczała Ida. – One się zbliżają.

Chłopak zbiegł na plażę i dopadł do Julki.

– Chodź do domu!

– Nie chcę – powiedziała Julka. – Ja się bawię ze słoniem.

– Osy tu lecą! Rozumiesz? Zaraz tu będą!

– Osy?

– Tak. Musimy się schować.

– A on? – Julka wskazała na słonia. – Gdzie on się schowa?

– Słonie mają grubą skórę. Osy mu nic nie zrobią. Chodź!

Dziewczynka nie drgnęła. Wpatrywała się w coś rozszerzonymi ze strachu oczami.

– Julka! – krzyczał Alik. – Chodź! Osy zaraz tu przylecą!

– Już tu są – szepnęła dziewczynka.

Alik błyskawicznie się obrócił. W ich stronę leciały trzy stalowe owady. Zatrzymały się tuż przed dziećmi. Zawisły w powietrzu jak małe helikoptery. Diamentowe żądła błyszczały w słońcu.

Alik i Julka nie mogli pobiec do domu, bo osy blokowały im drogę.

Zanim chłopak coś zdecydował, Julka wyskoczyła przed niego.

– Wichura! – krzyknęła. – Niech wieje wiatr! W stronę tych głupich os! Proszę!

Potężny podmuch uderzył w owady i odepchnął je. Wiatr uniósł piach, wzniecając kurzawę jak w czasie pustynnej burzy.

Po chwili wiatr ustał. Kiedy pył opadł, zobaczyli, że osy wracają. Tym razem leciały z trzech stron. Julka nie mogła ich przegonić, bo wiatr nie mógł wiać jednocześnie we wszystkich kierunkach. Dziewczynka patrzyła niepewnie.

– Alik! Co mam zrobić?

Chłopak pomyślał o trąbie powietrznej, ale to było zbyt niebezpieczne. Wirujące tornado mogło ich zmiażdżyć.

Rozejrzał się w poszukiwaniu jakiejś broni. Zobaczył złamane wiosło leżące obok starej łodzi. Podbiegł i chwycił je.

– Julka, schowaj się za mną! – krzyknął.

Nadleciała pierwsza osa. Kiedy była metr od Alika, uderzył ją wiosłem. Stalowy owad upadł na piasek. Ale zaraz wystartował i pofrunął w górę.

Nadleciała druga osa. Pikowała w stronę Julki.

– Padnij! – krzyknął Alik.

Dziewczynka rzuciła się na piasek, osłaniając głowę. Alik w ostatniej chwili uderzył owada. TRZASK. Stalowa osa poleciała jak piłeczka pingpongowa. Wpadła do morza, ale zaraz wyprysnęła z wody i powróciła do walki. Krążyła wysoko, czekając na dobry moment do ataku.

– Alik, uważaj! – zawołała Julka. – Na dole!

Trzecia osa leciała nisko, tuż nad piaskiem. Alik uniósł wiosło i uderzył ją z góry jak młotem. TRACH. Uderzenie było tak mocne, że wiosło pękło. Stalowa osa wbiła się w piach.

Alik nie miał już broni. Wiosło się złamało, a drugiego nie było.

Po sekundzie piasek zadrżał. Pojawił się kopczyk. TRACH! Osa wystrzeliła z niego jak rakieta z podziemnej wyrzutni. Rzuciła się na Alika. Kiedy zdawało się, że go użądli, rozległ się świst i w osę uderzyło coś szarego. Cios był tak silny, że stalowy owad poleciał aż nad morze.

– Dzięki, słoniu! – krzyknęła Julka.

Alik obejrzał się. Zobaczył, że słoń stoi tuż za nim i macha trąbą, raz za razem trafiając atakujące potwory. Dzieci musiały się uchylać, żeby też nie oberwać.

W końcu wszystkie osy uniosły się wysoko, poza zasięg słoniowej trąby. Krążyły jak bojowe helikoptery szykujące się do ataku.

Alik obserwował je z przerażeniem. Słoń był ciężki i niezbyt szybki. Na pewno nie obroni ich, kiedy owady zaatakują jednocześnie z różnych stron. Co robić?

Chłopak podniósł kamień i rzucił w stronę os, ale nie trafił. Cisnął kolejny i znowu spudłował. Osy poruszały się zbyt szybko.

– Mam pomysł! – zawołała Julka. – Niech kamienie same się rzucają w te wstrętne osy! I niech trafiają. Proszę!

Wszystkie kamienie na plaży zadrżały. A potem kolejno poleciały w stronę napastników. ŚWIST! TRZASK! Małe kamyki i wielkie głazy trafiały w stalowe potwory. Raz za razem! Osy próbowały uciekać, lecz kamienie ścigały je i uderzały. Owady spadały na piach. Ale po sekundzie zrywały się znowu do lotu. Były niezniszczalne.

Jednak bombardowanie zmuszało je do ustawicznych uników, więc nie mogły zaatakować dzieci.

– Uciekajmy!

Alik chwycił dziewczynkę za rękę i pobiegli w stronę domu.

Owady próbowały ich ścigać, ale kamienie wciąż w nie trafiały, zakłócając lot. Niestety po chwili „amunicja" się skończyła. Wszystkie kamienie wpadły do morza i bombardowanie ustało. Osy pognały za dziećmi, jednak Alik i Julka zdążyli dobiec do domu.

W drzwiach czekali Idalia i Budyń.

– Chowamy się! – krzyknął Alik.

Wszyscy wskoczyli do wnętrza. Zatrzasnęli drzwi.

Stalowe owady doleciały kilka sekund później. Rozległ się pisk przypominający dźwięk wiertarki. Osy próbowały przebić żądłami drzwi! Na szczęście były one zbyt grube.

Na chwilę zapadła cisza, a potem usłyszeli hałasy dobiegające z kuchni. Owady zaatakowały okiennice. Rozpędzały się i uderzały, wbijając w nie żądła. Okiennice też były mocne, masywne. Ale było widać, jak drżą pod wpływem ataków małych stworów. Na pewno nie wytrzymają zbyt długo…

Dzieci i kundelek pobiegli na piętro. Ukryli się w małym pokoju, w którym stały szczotki i wiadra. Tutaj nie było okien.

Zdyszani usiedli na podłodze. Budyń stanął przy drzwiach i węszył.

– Te wredne robale dostaną się tu – powiedział. – Macie pomysł, co wtedy robić? Bo ja nie chcę być robopsem.

– Najlepiej byłoby mieć wielki pancerny odkurzacz – szepnęła Idalia. – Wciągnęlibyśmy te potwory i znowu gdzieś zamknęli.

– Po co o tym gadasz!? – zawołał Alik. – Nie mamy żadnego odkurzacza.

Zamilkli i nadsłuchiwali. Docierał do nich piskliwy dźwięk borowania w drewnie. Osy próbowały przewiercić okiennice!

– Chce mi się pić – powiedziała nagle Julka. Wstała. – Pójdę po sok.

– Dobrze, ale zaraz wracaj – szepnęła Ida. – Iść z tobą?

– Nie.

Julka zbiegła schodami na parter. Weszła do kuchni. Ale zamiast wyjąć sok z szafki, chwyciła krzesło i przysunęła do okna. Wspięła się na nie i przytknęła twarz do szyby. Przez szparę w okiennicy było widać ogród i słonia, który obserwował dom.

Stalowe osy co chwilę uderzały w okiennice. Z rozpędu wbijały żądła w drewno i wirowały, wiercąc dziury. Okiennice były dziurawe jak sito.

Julka spojrzała na słonia.

– Chcę cię prosić o coś bardzo ważnego – wyszeptała. – Słoniu, bądź jak najsilniejszy odkurzacz na świecie. Wciągnij te wstrętne osy. Chcę, żebyś miał taką siłę, by to zrobić. Masz grubą skórę, więc chyba nic ci się nie stanie. Pochłoń te potwory! Sprzątnij je! Proszę!

W odpowiedzi słoń głośno zatrąbił. Brzmiało to jak sygnał do ataku.

Julka przycisnęła twarz do szyby, żeby zobaczyć, co się stanie.

Olbrzymi zwierz uniósł trąbę i zaczął wciągać powietrze, a z nim wszystko dookoła. Natychmiast pochyliły się drzewa w ogrodzie, jakby chciały się wyrwać z ziemi. Pofrunęły liście i trawa. Okiennice zadrżały i z trzaskiem się otworzyły.

W tej chwili do kuchni wbiegli Alik, Ida i kundelek.

– Co się dzieje!? – zawołał Alik.

– Zmieniłam słonia w odkurzacz – powiedziała spokojnie Julka. – Kazałam mu wessać te ohydne osy!

– Co!?

– Sami zobaczcie.

Dzieci i Budyń podbiegli.

Ujrzeli metalową osę przelatującą obok okna. Frunęła tyłem, machając rozpaczliwie skrzydłami. Słoń wciągał ją, tak jak odkurzacz wsysa kłębek kurzu. Mały potwór walczył zaciekle, by nie dać się pochłonąć. Bez skutku. Został wessany do trąby słonia.

Druga osa próbowała uciec w górę. Słoń uniósł trąbę. Potężna siła pociągnęła owada. Osa broniła się ze wszystkich sił. Lecąc obok drzewa, wbiła odnóża w wielką pomarańczę. Nic jej to nie pomogło. Owoc oderwał się i razem z osą został wciągnięty do trąby.

Potem słoń wycelował „nos” w ostatniego potwora.

Stalowy owad stoczył dziką walkę, machając wściekle skrzydłami. Próbował wytworzyć ciąg wsteczny. Na chwilę zastygł w bezruchu, ale siła słonia pokonała jego opór. Ostatnia osa została wciągnięta w czeluść trąby.

– Hurra! – krzyknęła Julka. – Wszystkie potwory sprzątnięte!

Alik spojrzał na wykrywacz os. Światełko zgasło, alarm przestał dzwonić. Strzałka spokojnie wskazywała jeden kierunek. Tam, gdzie stał słoń.

– Chyba były tylko trzy osy i on wszystkie wciągnął – powiedział z ulgą Alik.

– Julka, miałaś superpomysł! – zawołał Budyń. – Jesteś niesamowita!

– To mój słoń jest niesamowity! – zaśmiała się dziewczynka. – Muszę mu podziękować.

Nie czekając na pozwolenie, wybiegła z domu. Popędziła do słonia.

Po chwili przyszli Alik, Ida i Budyń. Stanęli przed olbrzymem.

Julka pogłaskała słonia po masywnej nodze.

– Dziękuję ci – powiedziała. – Jesteś kochany.

Idalia podeszła bliżej i nadsłuchiwała. Z wnętrza słonia dobiegało brzęczenie.

– Słyszycie? – szepnęła. – Osy są w jego brzuchu. I nadal fruwają...

– Nie szkodzi – powiedział Alik. – Są uwięzione i nie wyjdą. Słoń jest mocniejszy niż walizka.

– Nie wiadomo, czy się nie wydostaną – mruknął Budyń. – Przecież on kiedyś musi zrobić... No wiecie, co mam na myśli.

Zanim ktoś odpowiedział, rozległ się dziwny metaliczny dźwięk. Zgrzyt, jakby stalowe blachy tarły o siebie.

Dzieci spojrzały niespokojnie na słonia. Stał nieruchomo jak skamieniały.

– Z dużym coś się dzieje – pisnął kundelek. – Lepiej się ewakuujmy, bo...

– Patrzcie – szepnął Alik.

Skóra na słoniowych nogach zmieniała się. Stawała się srebrna i błyszcząca. Po chwili cały słoń zaczął obrastać metalem.

– On zmienia się w robota! – wrzasnął Alik. – Osy ugryzły go od środka. Widocznie wewnątrz ma cieńszą skórę. Zmienia się w maszynę!

Ze strachem patrzyli, jak słoń transformuje się w olbrzymiego robota. Na nogach i korpusie wyrastały mu silniki i przekładnie. Jego uszy zaczęły wyglądać jak skrzydła samolotu. Gruby pancerz pokrył jego grzbiet i głowę.

Stalowy słoń wyglądał groźnie.

– Uciekajmy! – krzyknął Alik.

Nie mogli pobiec do domu, bo słoń robot stał na ich drodze. Zaczęli w popłochu uciekać w stronę morza. Wbiegli na plażę i ukryli się za skałami sterczącymi z wody, każdy za inną.

Idalia na czworakach przekradła się do Alika. Po chwili podpłynął do nich Budyń.

– A Julka? – spytał. – Gdzie ona jest?

Mała Julka jako jedyna nie uciekła. Stała przed stalowym olbrzymem.

– Słoniu, wybacz mi – wyszeptała. – Ja naprawdę nie chciałam, żebyś zmienił się w robota. Przepraszam cię za ten czar. Myślałam, że osy w środku nie będą mogły cię użądlić. Przebacz mi…

Słoń robot pochylił głowę. Elektroniczne oczy wpatrywały się w dziewczynkę.

– Nie zrobisz mi nic złego, prawda? – spytała Julka. – Bo jest mi ciebie strasznie żal. Wiem, że lepiej być prawdziwym słoniem. Ciepłym i żywym. Ale ja i tak cię lubię. Nawet takiego metalowego. A ty mnie też wciąż lubisz, prawda?

Stalowy słoń wysunął trąbę. Była ogromna i ważyła chyba tonę. Owinął ją wokół ramion Julki i podniósł dziewczynkę w górę.

Alik, Ida i Budyń byli coraz bardziej zdenerwowani.

– Trzeba poszukać Julki! – zawołała Idalia.

– Ja pójdę – zaoferował się Budyń.

– Idziemy razem – zdecydował Alik.

Cała trójka zaczęła się skradać, kryjąc się za skałami. Wreszcie osłony się skończyły. Dalej była piaszczysta plaża.

Kundelek wysunął głowę zza skały i krzyknął ze zdumienia. Alik i Ida wyjrzeli.

Zobaczyli stalowego słonia, który szedł plażą. Siedziała na nim Julka! Uśmiechała się. Na widok przyjaciół zawołała:

– Hej! Nie bójcie się go! On jest dobry.

– Jak to się dzieje? – pytała Ida, oglądając stalowego olbrzyma. – Dlaczego ten robot jest okej, a inne są wredne?

– Julka chyba miała rację – powiedział Alik. – To zależy od tego, jaki ktoś był przed przemianą. Dobre istoty zmieniają się w dobre roboty.

– A może to wynika z magii? – zastanawiał się Budyń. – Julka wcześniej zaczarowała słonia, żeby nas lubił i nam pomagał. Więc po zmianie on nadal jest przyjazny. Widocznie jej prośby są mocniejsze od jadu os.

– Ale nie można go zmienić z powrotem w żywego słonia? – spytała Idalia.

– Nie można – westchnęła Julka.

– Próbowałaś?

– Tak, on się nie zmienia.

– Zgadza się – powiedział Alik. – Mutacji, które wywołują osy, nie można cofnąć.

– Ale ja go i tak lubię! – zawołała Julka. – To nieważne, że jest metalowy. Jest fajny i ja go lubię.

– Wygląda ekstra... – powiedział z podziwem Alik.

Stalowy słoń prezentował się naprawdę niesamowicie. Jak połączenie kosmicznego pojazdu i bojowej maszyny.

– A ciekawe, co się stało z osami? – spytał kundelek.

Ida wspięła się na palce i przytknęła ucho do metalowego brzucha słonia.

– Są w środku. Słychać, jak brzęczą. Ale z takiego pancernego więzienia na pewno nie wyjdą.

– Słuchajcie – powiedział Alik. – Musimy się naradzić, co robimy dalej.

– Ale najpierw zjedzmy mały obiadek! – zawołał Budyń. – Bo z głodu już prawie nie mogę machać ogonem.

Ugotowali pyszny obiad.

Alik powymyślał różne dziwne potrawy. Zupę z pomidorów i zielonych ogórków z kawałkami koziego sera. Do tego naleśniki z marynowanymi figami, których słoik znaleźli w spiżarni. Figi były tak dobre, że połowę zjedli, zanim Alik skończył smażyć naleśniki. Oprócz tego zrobili mrożone galaretki, które smakowały jak superlody.

Obiad zjedli w ogrodzie, w altanie obrośniętej winoroślą. Teraz mniej się bali os, bo mieli wykrywacz, który ostrzegał, gdy nadlatywały. No i po ich stronie był słoń robot, który mógł uwięzić owady.

Po obiedzie urządzili naradę.

– Trzeba ustalić, co dalej robimy – powiedział Alik.

– Najlepiej się wykąpać w morzu! – zawołała Julka. – Bo jest okropnie gorąco.

– Julka, to nie jest zabawa! – skarcił ją Alik. – To poważna narada, więc siedź spokojnie.

– Siedzenie jest nudne – westchnęła dziewczynka.

– Nie bądź dziecinna. Musimy się naradzić.

– To chociaż zerwijcie mi trochę winogron, bo nie mogę dosięgnąć – poprosiła Julka. – A właściwie sama je zerwę. – Wskazała palcem na największe grono i zawołała: – Do mnie, proszę!

Kiść winogron oderwała się od gałęzi i wylądowała w rękach Julki.

– Trzeba je umyć przed jedzeniem! – powiedziała Ida tonem nauczycielki.

– Już się robi! – zawołała dziewczynka. – Deszcz proszę!

Natychmiast lunął deszcz. Zalał potokami wody winogrona. A także dzieci i kundelka.

– Zwariowałaś!? – jęknął Alik. – Jesteśmy cali mokrzy! A nie mamy rzeczy do przebrania!

– Zaraz zamówię suszarkę – powiedziała pogodnie Julka.

Szepnęła coś i powiał ciepły południowy wiatr. Szybko wysuszył ich rzeczy.

– Czy możemy wreszcie zacząć naradę!? – zawołał Alik.

– Ja mogę – powiedziała Julka, gryząc winogrona.

– No to bądź grzeczna i nie przeszkadzaj. – Alik wstał. – Słuchajcie, zanim coś zdecydujemy, trzeba sprawdzić, co się dzieje na świecie. Musimy się dowiedzieć, czy wszyscy ludzie zmienili się w roboty. I gdzie są osy.

– W jaki sposób chcesz to sprawdzić? – spytał kundelek.

– W internecie. Przecież muszą być o tym informacje.

Ida i Alik stracili telefony. Zaczęli szukać jakiegoś komputera w domu babci. Niestety niczego takiego tu nie było. Nie znaleźli nawet telewizora.

Widocznie babcia nie lubiła nowoczesnych urządzeń.

– Ja mam tablet – powiedziała nagle Julka.

– Czemu wcześniej nie mówiłaś!? – zawołał Alik.

– Zapomniałam.

Julka wyciągnęła z małego plecaka tablet.

Alik go uruchomił i spróbował się połączyć z internetem. Niestety nie otwierały się żadne strony. Nawet Google. Nie działały też YouTube, Snapchat ani Instagram. Wszędzie pojawiał się komunikat „ERROR". Wreszcie udało im się wywołać jakąś stronę z wiadomościami. Pochylili się nad tabletem.

Dziennikarz na ekranie mówił:

– Uciekinierzy z Sycylii opowiadają o strasznych wydarzeniach. Na wyspie wszyscy ludzie zmienili się w roboty. Podobnie jest w całych Włoszech. Ludzie zmieniają się w maszyny także w Grecji, we Francji i innych krajach. Ich mieszkańcy uciekają w panice na północ, lecz udało się tylko nielicznym. Wielu ludzi uległo mutacji w trakcie wędrówki.

Na ekranie ukazał się obraz z kamery na dronie, pokazujący tysiące ludzi uciekających samochodami i pieszo. Pojawił się rój os i zaatakował ich. Po chwili wszyscy ludzie zmienili się w roboty.

Spiker mówił dalej:

– Uciekinierzy donoszą o pladze strasznych os, których ukąszenia powodują przemianę żywych istot w maszyny. Owadów nie można pokonać żadną bronią. Są metalowe i niezniszczalne. Ludzie, którzy zdołali uciec, twierdzą, że to inwazja z kosmosu. Jednak informacje są mało wiarygodne bo…

Nagle obraz na ekranie zamigotał i zniknął. Kiedy Alik ponownie wpisał adres, wyskoczył komunikat o błędzie. Potem nie zdołali już otworzyć żadnej strony. Wyglądało na to, że internet przestał działać.

Dzieci patrzyły ze strachem w ciemny ekran. Dopiero teraz dotarła do nich cała groza sytuacji.

– Słuchajcie… Doprowadziliśmy do totalnej katastrofy na całym świecie – wyszeptał Alik. – To nasza wina.

– Nasza!? – zawołała Ida.

– Tak. Bo to od nas wszystko się zaczęło.

– Osy stworzył Android!

– Ale to my stworzyliśmy Androida.

– Nieprawda.

– Prawda! – powiedział Alik. – To my mieliśmy berło. Dzięki niemu powstał Android. To ja go wyczarowałem!

– Bo kazali ci to zrobić! Zmusili cię!

– Wiem. Ale to wywołało katastrofę.

Alik zerwał się.

– Czy nie rozumiecie, co się dzieje? To koniec świata ludzi. Teraz Ziemia będzie planetą robotów. Wszyscy staniemy się maszynami. Wszyscy!!!

Dzieci patrzyły na siebie pobladłe ze strachu.

– Co teraz zrobimy? – szepnęła Idalia.

– Są dwie możliwości – powiedział cicho Alik.

– Jakie?

– Możemy walczyć z osami. Możemy je odnaleźć i spróbować ponownie uwięzić. W ten sposób powstrzymamy katastrofę.

– A co z tymi, którzy już zmienili się w maszyny? – spytała Idalia. – Przecież tysiące ludzi stały się robotami! Julka nie może tego cofnąć. Jej magia nie potrafi przywrócić im ludzkiej postaci.

– Wiem – westchnął Alik. – W dodatku osy się rozproszyły. Poleciały do różnych krajów. Nie damy rady ich wszystkich wyłapać.

– A jaka jest druga możliwość? – spytał kundelek.

– Możemy wrócić do domu – powiedział Alik. – I poprosić Korto, żeby udzielił nam rady. Może istnieje magiczny przedmiot, który pozwoli cofnąć ten kataklizm. Naprawić to, co się stało.

– Na przykład cofnąć czas – szepnęła Idalia.

– A w jaki sposób wrócimy do domu? – spytał Budyń. – Przecież dra-kula nie działa. A my jesteśmy strasznie daleko.

– Możemy pojechać na słoniu! – zawołała Julka.

Ida pokręciła głową.

– To niemożliwe! Jesteśmy na wyspie. Zapomniałaś? Sycylia to wyspa. Dookoła jest woda. Przecież stalowy słoń nie przepłynie morza. Utonie!

Zamilkli. Rósł w nich strach. Czuli, że są w pułapce i nie mają jak uciec.

– Nie wiem, co zrobić... – szepnął bezradnie Alik. – Po prostu nie wiem... Niedługo dotrą tutaj roboty i następne osy. I nas załatwią. Nie obronimy się.

Nagle Ida zerwała się z krzesła.

– Mam pomysł! – zawołała. – Możemy przywołać Korto. To znaczy skontaktować się z nim na odległość.

– Jakim cudem? – spytał Budyń.

– Przecież Korto jest teraz wirtualny – powiedziała Ida. – Jest hologramem. Może uda się go tu teleportować.

– Ale jak go ściągniemy? – spytał Budyń.

– Julka może poprosić, żeby Korto tu przybył – powiedziała Idalia. – Wezwie go do nas. Ona i Korto mają magiczne cechy. Może zdołają nawiązać kontakt.

– To niemożliwe! – zawołał Alik. – Przecież stąd nie widać miejsca, w którym jest Korto! A magia działa na to, co widać!

– Niezupełnie – zaprzeczyła Idalia. – Magia działa na to, co jest w zasięgu wzroku.

– To jest to samo.

– Nie jest. Coś może być zbyt małe albo może być zbyt daleko. I człowiek tego nie widzi. Ale jeśli nie jest zasłonięte, to znaczy, że wciąż jest w zasięgu wzroku. Na przykład gdyby Julka była w kosmosie, to z tysiąca kilometrów mogłaby rozkazać, żeby twój telefon się rozleciał. Chociaż tego telefonu z daleka wcale by nie widziała.

– Chcesz wysłać Julkę w kosmos?

– Nie. Ale przypomniałam sobie coś ważnego. Julka, daj mi komputer.

Dziewczynka podała tablet Idalii, która wpisała w przeglądarce tajemniczy adres:

www.eol.jsc.nasa.gov.

Przez długi czas nic się nie działo. A potem na ekranie pojawił się obraz. Było widać kulę ziemską unoszącą się w czarnej przestrzeni kosmosu. Na Ziemi widoczne były kontynenty i morza.

– Uf! – odetchnęła z ulgą Ida. – Strona wciąż działa.

– Co to jest? – spytał Alik.

– Obraz z kamery na stacji kosmicznej. Blubek pokazał mi kiedyś tę stronkę. Jak tu wejdziesz, możesz oglądać Ziemię z kosmosu. W czasie rzeczywistym! Strona działa, bo przecież w kosmos osy nie dotarły.

– I co z tego wynika? – spytał niepewnie Alik.

– Nie rozumiecie? Teraz cała Ziemia jest w zasięgu naszego wzroku. Julka może zrobić czar w dowolnym miejscu na świecie. To znaczy na tej półkuli, którą widać. Może uda jej się przywołać Korto. Nawiązać z nim kontakt!

– Nie wiadomo… – powątpiewał Alik.

– Zrobimy próbę.

– Powiecie mi wreszcie, o co chodzi!? – zawołała Julka. – Kto to jest ten Korto?

– Korto jest przewodnikiem, który potrafi znaleźć przedmioty z Magicznego Drzewa. To nasz przyjaciel. Pomaga nam, rozumiesz? Kiedyś walczył z olbrzymami, żeby nas uratować. Ale zginął w czasie walki.

– To jak mam z nim rozmawiać? – zdziwiła się Julka.

– Korto nadal istnieje, tylko teraz jest wirtualny. Ale wciąż ma magiczne właściwości. Może uda się go przywołać. Wtedy powie nam, co robić.

Idalia usiadła obok Julki.

– To jest bardzo ważne. Tylko to może nas uratować. Rozumiesz?

– Tak – szepnęła dziewczynka. – Co mam zrobić?

– Patrz w ekran i poproś, żeby przybył do nas Korto.

– Tylko, Julka, bądź ostrożna! – zawołał kundelek. – Teraz widzisz całą Ziemię. Więc jak poprosisz o coś głupiego, narobisz kłopotów na całym świecie. Uważaj na to, co gadasz.

– Dobrze.

Dziewczynka położyła tablet na podłodze. Uklękła obok niego. Patrząc na ekran, wyszeptała:

– Chcę, żeby pojawił się tu Korto. Żeby do nas przybył. Proszę.

Nic się nie zdarzyło.

Julka powtórzyła:

– Chcę, żeby przybył Korto! Proszę!

TRZASK. Zamknęły się okiennice i zasunęły się zasłony. W pokoju zrobiło się ciemno. Jednocześnie na ekranie tabletu pojawił się świecący punkt. Maleńka kropka, która lśniła jak gwiazda. Punkt rósł, powiększał się. Po chwili tablet zaczął świecić jak potężna lampa. Pokój zalało jasne zielone światło.

Wystraszona Julka zerwała się i przytuliła do Idalii.

Nagle w pokoju pojawił się jakiś kształt. Lśniący obraz skorpiona. Postać ze światła unosiła się w powietrzu jak mydlana bańka.

– Korto! – krzyknęła Ida. – Jak to dobrze, że jesteś!

Korto wyglądał jak prawdziwy, choć był świetlistym obrazem. Trójwymiarowym hologramem.

Idalia podbiegła do niego.

– Korto! Ratuj nas! – zawołała. – Ludzie zmieniają się w roboty... Stalowe osy atakują wszystkich... Niedługo już nie będzie żadnych ludzi, nawet dzieci... Będą tylko maszyny. Co mamy robić?

Obraz skorpiona krążył powoli wokół nich. Długo trwała cisza. Aż nagle usłyszeli cichy głos Korto:

– Tak... Wiem... Stało się coś strasznego. Coś bardzo złego... Mówiłem wam, że berło jest niebezpieczne. Wywołaliście katastrofę! Zniszczyliście magiczny przedmiot...

– Julka ma teraz moc berła! – zawołał Alik.

– Wiem... To dziecko jest niezwykłe. Otrzymało wielką siłę... Lecz jej moc jest ograniczona, tak jak moc berła... Ona nie może cofnąć katastrofy. Nie może cofnąć złego czasu. Nie może...

Korto zamilkł. Dzieci pochyliły się nad lśniącym hologramem. Czekały. Po chwili znowu usłyszały cichy głos.

– Istnieje przedmiot, który może przynieść ocalenie. Przedmiot z Magicznego Drzewa o wielkiej mocy. On może uratować świat. Wtedy znów nadejdzie czas ludzi.

– Powiedz nam, jaki to przedmiot? – błagała Idalia.

– Potrafi uczynić tylko jeden czar, lecz jest to czar najważniejszy… Musicie znaleźć ten przedmiot.

– Ale co to jest!? – zawołali Alik i Ida.

– Jest kulą… – wyszeptał Korto.

Mówił coraz ciszej. Niemal go nie słyszeli.

– Kulą? Korto, wyjaśnij to dokładniej!

– Ten przedmiot jest małą Ziemią, która ocali wielką Ziemię.

Patrzyli niepewnie na migotliwy obraz Korto.

– Nie rozumiem… – szepnęła Idalia. – Powiedz chociaż, jak ten przedmiot działa.

– Każdy jego obrót to jeden dzień na Ziemi – wyszeptał skorpion. – To obrót czasu.

– Ten przedmiot cofa czas?

– Tak i nie. Czasem cofa czas, a czasem powoduje wędrówkę ku przyszłości. Gdy obracasz przedmiot w stronę wschodu, czas się cofa. Lecz gdy go obrócisz w kierunku zachodnim, czas wędruje do przodu. To niebezpieczny przedmiot. Straszliwie groźny... Lecz tylko on może naprawić zło, które się stało. Tylko on może was uratować.

Korto zamilkł. Przez chwilę trwała cisza.

– Gdzie mamy go szukać? – spytała Idalia.

– Jest tu... Na tej wyspie... Niedaleko...

– Ale gdzie?

– To tajemnica. Nie mogę tego powiedzieć. Lecz mogę tę tajemnicę zapisać. Człowiek, który odczyta kod, znajdzie magiczny przedmiot. Tylko człowiek... Patrzcie!

Korto zmienił się w smugę laserowego światła. Zielony promień zaczął pisać na ścianie cyfry. Setki cyfr! Wyglądało to jak niepojęty szyfr.

Dzieci i kundelek patrzyli na napis, próbując zrozumieć jego znaczenie.

Promień światła znowu zmienił się w Korto.

– W tych znakach jest ukryta wiadomość, gdzie znajduje się magiczny przedmiot – wyszeptał Korto. – Musicie go odnaleźć, zanim będzie za późno. Zanim zmienicie się w maszyny i przestaniecie czuć i myśleć. Bo tylko człowiek może użyć tego przedmiotu. Szukajcie go... Czasu jest niewiele...

– Korto, my tego nie rozumiemy! – zawołała Idalia, patrząc na ciąg liczb. – Czy to jakiś szyfr? Jak mamy go odczytać?

– To liczby pierwsze... Kto zna ich tajemnicę, zrozumie tę wiadomość. Nie mogę inaczej wskazać miejsca... I pamiętajcie, zanim użyjecie magicznego przedmiotu, musicie dotknąć na nim punktu najwyższego i najgłębszego. Jednocześnie! Wtedy uruchomi się jego moc.

– Co to znaczy!?

Nie było już odpowiedzi. Obraz skorpiona zamigotał i rozpłynął się w powietrzu.

Korto zniknął.

Powoli otworzyły się okiennice i zasłony same się rozsunęły. W pokoju pojaśniało.

Na ścianie pozostały wypalone laserem szeregi cyfr. Szyfr, którego nie potrafili odczytać.

Patrzyli niepewnie. Wreszcie Budyń mruknął:

– Jeśli kogoś interesuje, co rozumie z tego zwykły kundel, to wam powiem. Nic nie rozumiem.

– Poczekajcie... – Alik zaczął chodzić po pokoju. – Korto powiedział, że istnieje przedmiot, który cofa czas albo przesuwa go do przodu.

– I powiedział, że to jest mała Ziemia – dodała Idalia.

– Co to może być? – zastanawiał się Alik.

– Może jakaś mała planeta w kosmosie?

– Albo okrągła wyspa? – pisnął kundelek.

– Przecież to musi być przedmiot! – zawołał Alik. – Wyspa ani planeta to nie są przedmioty. I na pewno nie są drewniane.

– Fakt... – westchnęła Ida. – Mała Ziemia... Co to może być?

– A może to jest piłka? – powiedziała Julka.

– Co?

– Dostałam kiedyś nadmuchiwaną piłkę. I na niej była namalowana mapa. Cała Ziemia tam była. Tę piłkę się głupio odbijało, bo była za wielka.

– Julka, to nie może być piłka – mruknął Alik. – Przedmiot musi być drewniany i…

– Już wiem! – wrzasnęła Idalia. – Wiem! Julka… Zgadłaś! Odkryłaś, co to jest. Jesteś cudowna.

Objęła dziewczynkę i ucałowała ją.

– Co wiesz? No mów! – wołali Alik i Budyń.

– To jest globus! Rozumiecie? Globus to mała Ziemia. A globusy są drewniane. Na pewno mają drewnianą podstawę. Kula też może być z drewna. Widziałam kiedyś program o starych globusach…

– Chyba masz rację! – przerwał jej podekscytowany Alik. – To się zgadza. Korto mówił o obrotach, a globus można obracać. Jeden obrót powoduje przesunięcie czasu na całej Ziemi.

– Tak. O jeden dzień.

– Do przodu albo do tyłu!

– No dobra – pisnął kundelek. – Wiemy, jaki to przedmiot i jak działa. Ale gdzie on jest?

– Tam jest zaszyfrowana informacja o miejscu jego ukrycia. – Alik wskazał na ścianę pokrytą cyframi. – Tak powiedział Korto.

– Ale nie powiedział, jak ją odczytać – westchnął kundelek.

– Korto mówił, że to jakieś liczby pierwsze – szepnęła Ida.

– Co to znaczy? – spytał Budyń.

– Nie wiem.

Patrzyli bezradnie na rzędy tajemniczych cyfr. Nic z tego szyfru nie rozumieli. Nie działały Google ani Wikipedia, więc nie mogli sprawdzić niczego w internecie.

– Korto mówił, że tylko człowiek może odgadnąć szyfr – przypomniała Idalia.

– Chyba jakiś geniusz matematyczny – westchnął Alik. – Einstein czy ktoś taki... My jesteśmy dziećmi. A w dodatku ja nie jestem dobry z matmy.

Nie wiedzieli, co zrobić. Gdy Korto się pojawił, myśleli, że łatwo rozwiążą problem. Że uda się cofnąć katastrofę. A wciąż byli w punkcie wyjścia. Nie zbliżyli się ani o krok do rozwiązania.

Nagle Julka powiedziała:

– Ja mogę zaczarować, żebyśmy byli supermądrzy. Najmądrzejsi na świecie! Wtedy odgadniemy ten szyfr.

Alik, Ida i Budyń patrzyli niepewnie na Julkę. Pamiętali, że kiedyś Kuki wyczarował płyn mądrości i wyniknęły z tego gigantyczne kłopoty.

– To jest strasznie niebezpieczny czar – powiedziała Idalia. – Nie wiadomo, co się zdarzy. Może nam się coś przestawić w głowach. Po prostu możemy zwariować.

– Masz rację – powiedział cicho Alik. – To jest niebezpieczne, ale chyba nie ma innego wyjścia. Inaczej nie odszyfrujemy tej wiadomości. I nie znajdziemy magicznego przedmiotu. Ale uważam, że tylko jedno z nas powinno zaryzykować. To znaczy Julka powinna zaczarować tylko jedną osobę.

– Kogo?

– Mnie.

– Ty wciąż chcesz ryzykować! – zaprotestowała Idalia. – Nie zgadzam się.

– Ale…

– Będziemy losować!

– No dobrze – zgodził się Alik. – Możemy losować, ale z wyjątkiem Julki.

– Dlaczego? – oburzyła się dziewczynka.

– Bo to jest strasznie niebezpieczne.

– Ja chcę…

– Nie – powiedział stanowczo Alik. – Poza tym w razie kłopotów musisz uratować zaczarowaną osobę. A jak zwariujesz, to tego nie zrobisz.

Poszli do ogrodu. Alik podniósł z ziemi patyk i połamał go na trzy nierówne części. Schował je w dłoni. Wystawały tylko końcówki.

– Uwaga. Kto wylosuje najkrótszy patyk, zostanie poddany czarowi. Losujcie.

Budyń złapał zębami pierwszy patyk. Następny wyciągnęła Idalia. Alik położył swój na trawie. Był najkrótszy.

– Ja wygrałem – powiedział. – To znaczy przegrałem... Julka, zaczarujesz mnie. Ale poproś, żeby czar trwał pięć minut. Rozumiesz? Tylko pięć minut.

– Dobrze. – Julka podeszła do Alika. – Uklęknij.

– Dlaczego?

– Bo chcę patrzeć bliziutko w twoje oczy – szepnęła Julka. – Moja babcia mówi, że przez oczy widać, co jest w człowieku. A przecież ja muszę zaczarować ciebie od środka.

Alik uklęknął na trawie. Julka patrzyła długo w oczy chłopca. Potem szepnęła:

– Chcę, żeby Alik był najmądrzejszy na świecie. Żeby wiedział w s z y s t k o. Przez pięć minut! Proszę!

TRACH! Alik podskoczył, jakby go poraził prąd. Krzyknął i złapał się za głowę.

Ida, Julka i Budyń patrzyli na niego z niepokojem.

Chłopak na chwilę znieruchomiał. Potem zaczął biegać po ogrodzie i mówić z szybkością karabinu maszynowego:

– Współczynnik dwumianowy. Postulat Bertranda. Nie, to nie to... Wariacja Erdősa. Nie! Hipoteza Riemanna! To oczywiste...

– Alik! Mów wolniej! – wołała Idalia.

Chłopak nie zwracał na nią uwagi. Szeptał gorączkowo:

– Liczby pierwsze Fermata! A czas... Dlaczego czas... Ta teoria jest niedoskonała... E nie równa się mc^2. Tu jest błąd... Przecież są fale grawitacyjne. Ciemna materia. Ciemna energia... To zmienia teorię względności...

Alik biegał i mówił w takim tempie, że nie sposób było go zrozumieć. Przyjaciele biegali za nim, ledwo mogąc nadążyć.

W końcu Idalia dopadła chłopca i złapała go za rękę.

– Alik! Szyfr! – zawołała. – Słyszysz!? Nie zajmuj się teorią względności! Skup się na złamaniu szyfru!

Zaciągnęła go do okna, zmuszając, by zajrzał do domu.

– Odcyfruj to!

– Tak... Szyfr... – szepnął Alik. – Muszę odczytać wiadomość.

Chłopak spojrzał na ścianę pokrytą cyframi.

– Przecież to proste! – zawołał. – Liczby pierwsze bliźniacze... Liczby lustrzane... Rozumiem to... Sito Eratostenesa. Tak. Liczby zaprzyjaźnione... Tak... Wiem! Rozumiem! To łatwe...

Alik popędził na plażę. Rzucił się na kolana i zaczął pisać palcem na piasku. Jedno długie zdanie. Skończył pisać. Wstał, zrobił kilka kroków i gwałtownie zastygł, jakby skamieniał. A potem się zachwiał i upadł na piasek. Idalia, Julka i Budyń podbiegli do Alika.

– Chyba minęło pięć minut – szepnął kundelek. – Czar przestał działać.

Chłopiec leżał nieruchomo. Był okropnie blady i miał zamknięte oczy.

Idalia pochyliła się nad przyjacielem.

– Oddycha… – szepnęła z ulgą.

– Woda! Dajcie mu wody! – zawołał kundelek.

Ida chciała pobiec do domu, ale Julka ją zatrzymała.

– Czekaj!

Spojrzała na morze i coś wyszeptała. Natychmiast fala podpłynęła do Alika, zraszając mu łagodnie twarz.

Chłopiec powoli otworzył oczy.

– Jak się czujesz? – spytała Idalia.

Alik nie odpowiedział. Patrzył nieprzytomnie na przyjaciół.

Ida uklękła i otarła mu czoło.

– Alik… Już dobrze… Uspokój się. To już minęło…

– To… To było straszne – wyszeptał Alik.

– Co?

– Wiedzieć tyle rzeczy. To jest ponad siły… Czułem się, jakby błyskawice wybuchały w mojej głowie. Tysiąc błyskawic na sekundę. Zrozumiałem tyle rzeczy. Zrobiłem chyba milion odkryć. To było straszne… I cudowne! Ale bardziej straszne… Myślałem, że moja głowa eksploduje.

Idalia objęła go.

– Spokojnie, Alik. To już się skończyło.

– A czy coś z tego pamiętasz? – spytał Budyń. – Z tego, co wymyśliłeś?

– Nie… – powiedział bezradnie Alik. – Teraz już nic nie pamiętam.

– Jak to!? – zawołała Ida. – A ta wiadomość? Czy odszyfrowałeś ją?

– Tak. To było łatwe. Wszystko odgadłem w jedną sekundę.

– I co ona oznacza? Gdzie jest magiczny przedmiot!?

Alik bezradnie pokręcił głową.

– Nie wiem. Kiedy czar minął, wszystko zapomniałem.

– Czyli męczyłeś się niepotrzebnie – westchnął Budyń.

– Przecież napisałeś coś na plaży! – zawołała Julka. – Tam!

Spojrzeli. Na brzegu był napis wyryty przez Alika w piasku.

Chłopak podbiegł i zaczął go odczytywać:

– PALERMO. PLAC WOLNOŚCI. LICEO CLASSICO.

– Palermo to jest miasto, tu, na Sycylii! – zawołała Idalia.

– Byłam tam z babcią! – pochwaliła się Julka.

– „Liceo" to chyba będzie szkoła – szepnął Alik.

– To się zgadza! – pisnął Budyń. – Przecież globusy są w szkołach.

– To znaczy, że znamy miejsce, gdzie znajduje się magiczny przedmiot – powiedziała z ulgą Ida. – Jest w Palermo, w szkole na placu Wolności!

– Jedziemy tam zaraz? – spytała Julka.

– Tak.

– Ale w mieście będą roboty – powiedział kundelek. – Może nawet milion. Jak my się przedostaniemy do tej szkoły?

– Możemy się schować w moim słoniu – zaproponowała Julka.

– To jest pomysł! – zawołał Alik. – Przecież słoń jest teraz robotem. Więc jeżeli w mieście jest milion robotów, to jeden więcej nie zwróci uwagi.

Ida pokręciła głową.

– On ma otwartą kabinę. Będzie nas widać. A do jego wnętrza raczej nie wejdziemy, bo tam są uwięzione osy.

– Ja mogę go troszkę przerobić – powiedziała Julka. – On się chyba na mnie nie pogniewa.

Julka poprosiła, by na słoniu powstała taka kabina, żeby nie było widać pasażerów.

Okazało się to łatwe. Z grzbietu robota wysunęły się srebrne blachy, jak dach w kabriolecie. Powstała zamknięta kapsuła z włazem i oknami. Szyby były przyciemniane. Pasażerowie mogli przez nie patrzeć, a z zewnątrz nie było ich prawie widać. Z boku były składane schodki, żeby wspiąć się do kabiny.

– Jest super – stwierdził Alik. – Możemy jechać.

Przed podróżą poszli przygotować trochę kanapek na drogę. Już mieli wyjść z domu, kiedy usłyszeli jakiś hałas. Z oddali dochodziło monotonne dudnienie. BUM. BUM. BUM!

Hałas się zbliżał. Poczuli, że dom drży.

– Co to jest? – spytał wystraszony Budyń.

Usłyszeli trąbienie słonia robota. Przypominało syrenę alarmową. Jednocześnie zadzwonił wykrywacz os leżący na parapecie.

– Sprawdzę, co się dzieje! – zawołał Alik.

Podszedł do drzwi i uchylił je ostrożnie. Reszta pobiegła za nim. Wyjrzeli.

Nad drogą prowadzącą do domu unosiła się chmura pyłu. Coś się tam poruszało z wielką prędkością. Słychać było łomot ciężkich kroków.

– Chyba nadchodzi jakiś robot – pisnął Budyń. – I raczej nie jest mały.

– I osy nadlatują, bo wykrywacz wyje! – krzyknął Alik. – Trzeba się ewakuować!

Popędzili do stalowego słonia. Błyskawicznie wspięli się po drabince na jego grzbiet. Ukryli się w kabinie i zatrzasnęli właz.

– Jedź! – zawołała Julka.

Mechaniczny słoń ruszył. Niestety jedyna trasa ucieczki prowadziła drogą, którą nadchodził tajemniczy robot. Ścieżka biegła jarem o stromych zboczach. Nie można było ominąć zagrożenia.

– Musimy się przebić! – krzyknął Alik. – Jedź szybciej!

Słoń przyspieszył. Gnali piaszczystą drogą, unosząc chmurę pyłu. Kiedy minęli zakręt, zobaczyli coś okropnego.

W ich stronę pędził stalowy waran. Był olbrzymi i przerażający.

Dzieci były oszołomione strasznym widokiem. Wreszcie Ida krzyknęła:

– Julka! Wywołaj wiatr!

Dziewczynka przysunęła się do okna. Chciała wypowiedzieć prośbę. Alik ją powstrzymał.

– To nie ma sensu! Wiatr nie wywróci takiego giganta!

– To co mam zrobić? – spytała blada ze strachu Julka.

– Dziurę w ziemi!

– Co?

– Poproś, żeby się zapadła ziemia! – krzyknął Alik. – Tam, gdzie on stoi! Powiedz to!

Julka zawołała:

– Niech zrobi się dziura na drodze. Tam, gdzie jest ten ohydny potwór! Proszę!

TRACH! Ziemia pod łapami warana zadrżała, a potem zapadła się. Potwór z hukiem runął w dół.

– Uciekajmy! – zawołał Alik. – Szybko, zanim on wyjdzie.

Słoń ruszył ostrożnie brzegiem rozpadliny. Alik wyjrzał z okna. Zagłębienie nie było duże. Waran miotał się na jego dnie, próbując się wydostać. Nagle Alik coś zauważył. Wychylił się, żeby zobaczyć to dokładniej, ale w tej chwili słoń ominął rozpadlinę i popędził drogą.

– Tam był Android! – szepnął Alik. – Siedział wewnątrz tego potwora.

– Co!? – zawołała Ida. – Android!? Jesteś pewny?

– Tak. Widziałem go! W tym waranie jest kabina. Android był w środku!

Ida i Budyń patrzyli na Alika z przerażeniem. Zdążyli już zapomnieć o Androidzie. Myśleli, że został gdzieś daleko i jest niegroźny. A człekokształtny robot znowu się pojawił!

– To znaczy, że on rządzi maszynami – szepnęła Ida. – Jest władcą robotów.

– I szuka nas! – zawołał Alik. – Chce nas dopaść.

– Musimy zwiewać! – krzyknął kundelek. – Szybko! Bo ten waran nie był przyjemniaczkiem.

– Julka, czy powiedziałaś słoniowi, dokąd ma jechać? – spytała Idalia.

– Tak.

– Lepiej powiedz jeszcze raz. Nie możemy zabłądzić.

– Jedź do Palermo! – zawołała Julka. – Na plac Wolności. Najprędzej jak potrafisz!

Stalowy słoń głośno zatrąbił i zaczął pędzić z ogromną prędkością.

Na brzegu rozpadliny pojawiła się stalowa łapa. Waran wbił pazury w krawędź przepaści i próbował się wydostać. Silniki robota wyły na najwyższych obrotach. Pazury zgrzytały o kamienie. W końcu potwór wypełzł na powierzchnię. Stał przez chwilę nieruchomo. Jego systemy autonaprawy reperowały uszkodzenia.

W wieżyczce na grzbiecie warana otworzyło się okno. Wychylił się Android i patrzył na drogę. Słonia nie było już widać.

Android sięgnął do kieszeni i wyciągnął stalową osę. Cisnął ją w powietrze.

– Szukaj ich! – krzyknął. – Musisz ich znaleźć!

Królowa os poleciała na południe.

Stalowy słoń galopował niestrudzenie. Unosiła się za nim chmura pyłu.

Dzieci i Budyń, nieustannie potrząsani i obijani o ściany kabiny, byli ledwo żywi ze zmęczenia. Na szczęście po godzinie słoń zwolnił.

Julka wyjrzała przez okno.

– Przyjechaliśmy! – zawołała. – To jest Palermo!

Wszyscy przycisnęli twarze do szyby.

Przed nimi było wielkie miasto rozpostarte nad brzegiem morza. Na ulicach poruszały się tłumy błyszczących stworów. Wykonywały jakieś niepojęte czynności.

Idalia wyjęła lornetkę i przyjrzała się uważnie.

– Tam jest mnóstwo robotów! – zawołała. – Tysiące! Są na każdej ulicy!

– Wiedzieliśmy, że tak będzie – uspokajał Alik. – Połóżcie się na podłodze i niech nikt się nie wychyla. Ruszaj, słoniu. Na plac Wolności!

Słoń wkroczył na główną arterię miasta. Dzieci skulone na podłodze kabiny co jakiś czas zerkały przez boczne okienka.

Na ulicach były setki maszyn. Wszystkie pracowały.

Wielkie roboty budowlane wyburzały domy, rozbijając ściany stalowymi pięściami. Piękne zabytkowe kamienice rozpadały się z hukiem.

Inne maszyny, z wielkimi paszczami, pożerały gruz.

Roboty wyglądające jak dźwigi budowały nowe domy. Wszystkie budynki były takie same. Szare, gładkie i bez okien. Przypominały wielkie kartony na buty. Wyglądały strasznie ponuro.

Słoń skręcił w boczną ulicę. Tu zobaczyli coś okropnego. Roboty niszczyły sklep z zabawkami. Maszyny przypominające pająki wywlekały lalki i kartony klocków Lego, a potem rzucały je na stos. Widocznie maszyny nie umiały się bawić, więc zabawki nie były im potrzebne.

Podszedł robot z trzema głowami. Zaczął gryźć zabawki. Rozrywał je na strzępy. Kawałki maskotek i klocków fruwały w powietrzu.

Dzieci patrzyły na to w milczeniu, pobladłe.

Słoń ruszył dalej. Po chwili dotarł do szerokiej alei. Maszerował nią oddział robotów. Wszystkie były niemal identyczne. Zamiast rąk miały miotacze ognia albo szybkostrzelne działka. Ich stalowe cielska były pokryte kolcami. Maszerowały idealnie równo. BUM! BUM! BUM!

– To chyba wojsko, armia robotów – szepnął Alik. – Lepiej poczekajmy, aż przejdą.

Mechaniczny słoń zatrzymał się. Na szczęście żaden bojowy robot nie zwrócił na nich uwagi. Kiedy odeszły, słoń ruszył dalej.

Dotarli do parku, a właściwie do jego resztek. Setka maszyn wyrywała tu drzewa i kwiaty, szykując teren pod budowę.

Stalowy słoń chciał iść dalej. Nagle zastąpił mu drogę ogromny robot w szarym kolorze.

Chyba był strażnikiem lub ochroniarzem, bo miał złotą oznakę na korpusie.

Robot patrzył uważnie na słonia.

– Czemu nie pracujesz? – powiedział dudniącym głosem. – Jaki masz numer? Jaki jest twój identyfikator?

Słoń nie reagował.

– Co!? Nie masz numeru? – zagrzmiał strażnik.

Uniósł stalową rękę i uderzył w bok słonia. Miał w dłoni stempel, który odcisnął się na obudowie. Pojawił się numer: 400444.

– To twój identyfikator! – ryknął szary robot. – A teraz pracuj. Noś drzewa. Już!

Mechaniczny słoń nie drgnął. Czekał na polecenia dzieci.

Alik i Ida nie wiedzieli, co zrobić. Jeśli zaczną uciekać, strażnik będzie ich ścigać. Na pewno wezwie na pomoc inne roboty.

Julka szepnęła do słonia:

– Rób, co on każe. Na razie…

Mechaniczny słoń powlókł się do miejsca, gdzie leżała sterta wyrwanych drzew. Owinął trąbę wokół pnia i zaniósł go na maszynę transportową. Ruszył po kolejny ładunek.

Wielki strażnik obserwował go.

Dzieci skuliły się na podłodze kabiny.

– Co teraz zrobimy? – spytała cicho Idalia.

– Trzeba poczekać, aż ten strażnik odejdzie – szepnął Alik.

– Chyba nie ma na to ochoty – pisnął Budyń.

– Trudno, musimy czekać – zdecydował Alik. – Siedźcie bez ruchu, żeby nas nie odkrył.

– Biedny słoń... – westchnęła Julka. – Musi dźwigać takie ciężary.

– Cicho...

Słoń nosił pnie drzew razem z innymi robotami. Pracował już przez godzinę. Strażnik stale go obserwował.

Dzieci leżały nieruchomo, uważając, by nie było ich widać przez okna. Nagle Julka powiedziała:

– Muszę iść siusiu!

– Wytrzymaj jeszcze – szepnęła Ida. – Teraz nie możesz wyjść.

– Długo nie wytrzymam...

Na szczęście w tej chwili zapiszczał sygnał „Przerwa".

Roboty przerwały pracę i znieruchomiały. Olbrzymi strażnik odwrócił się i gdzieś odszedł.

Alik ostrożnie wyjrzał przez okienko kabiny.

– Polazł sobie – szepnął. – Wynosimy się stąd.

– I to szybko – dodała Julka.

Mechaniczny słoń ruszył. Kiedy przebiegł sto metrów, zawyła syrena alarmowa. Widocznie na ulicy były czujniki! Kontrolowały, czy roboty nie opuszczają miejsca pracy.

Zza budynku wybiegł strażnik. Zobaczył uciekiniera i natychmiast pognał w jego stronę.

– Uciekajmy! – krzyknął Alik.

Słoń przyspieszył. Galopował ulicą, rozdeptując ławki i łamiąc latarnie.

Strażnik gonił ich. Syrena na jego głowie wyła: IJUIJUIJU!

Nad ulicą był wiadukt z torami kolejowymi. Słoń przebiegł pod mostem. Zmieścił się na styk, szorując kabiną o przęsła.

Stalowy strażnik był zbyt wielki, by się przecisnąć pod wiaduktem. Stanął i gapił się niepewnie. Wreszcie opadł na kolana, żeby przejść pod mostem na czworakach.

Julka obserwowała go przez tylne okno w kabinie. Kiedy strażnik wszedł pod wiadukt, zawołała:

– Niech ten most spadnie na niego. Proszę!

TRACH! Most zawalił się, spadając na szarego robota.

– Super to wymyśliłaś, Julka! – powiedział z podziwem Budyń.

– To dlatego, że chce mi się siku! Muszę szybko wysiąść!

Zobaczyli, że strażnik wygrzebuje się spod gruzów. Na głowie robota migotało światło i wył alarm. Po chwili podobne syreny usłyszeli z różnych punktów miasta.

– On wezwał pomoc! – jęknął Alik. – Ogłosił alarm!

Syreny wyły w całym mieście. Coraz głośniej! Zobaczyli innego strażnika, jeszcze większego, który przebiegł sąsiednią ulicą. Potem ponad dachami domów zauważyli głowy następnych strażników. Szukali ich.

Na razie strażnicy nie dostrzegli słonia, ale coraz bardziej się zbliżali.

– Trzeba się gdzieś ukryć! – zawołał Alik.

– Przecież mieliśmy dotrzeć do tej szkoły – powiedziała Ida. – Na plac Wolności.

– Nie dostaniemy się tam teraz... Oni nas szukają w całym mieście. Musimy się na jakiś czas ukryć. Jak sytuacja się uspokoi, spróbujemy się przemknąć.

– Ale gdzie ma się ukryć słoń? – zapytał Budyń. – On się nie zmieści na podziemnym parkingu!

– Niech sam poszuka kryjówki! – zawołał Alik. – Przecież ma nawigację.

– Słoniu, znajdź kryjówkę! – poprosiła Julka. – Ale taką, gdzie jest łazienka! – dodała. – Proszę!!!

Słoń przyspieszył. Po chwili dotarł do szerokiej promenady. Nie było tutaj robotów, a stare domy nie zostały jeszcze zburzone.

Na końcu ulicy stał monumentalny budynek. Fasada była wsparta na sześciu kolumnach. Do wysokich drzwi prowadziły schody wyłożone czerwonym dywanem.

Słoń podbiegł do budynku. Ku zdziwieniu dzieci wspiął się po schodach. Uderzeniem trąby otworzył drzwi i wszedł do wnętrza.

Znaleźli się w wielkim holu pełnym kryształowych luster i złotych żyrandoli. Słoń ruszył dalej, stąpając ostrożnie po marmurowej posadzce. Przecisnął się przez kolejne drzwi. Znaleźli się w długim korytarzu.

Szli chwilę w zupełnej ciemności. Wydawało im się, że kabina ociera się o miękkie tkaniny.

W końcu nogi stalowego słonia zastukały o drewnianą podłogę. Dźwięki odbijały się echem. Byli chyba w jakiejś ogromnej sali.

Słoń zatrzymał się. Dzieci i kundelek ostrożnie otworzyli drzwi w kabinie i wyjrzeli.

Niestety niczego nie zobaczyli, bo było kompletnie ciemno.

– Gdzie my jesteśmy? – szepnęła Idalia.

– Nie wiem. Trzeba włączyć jakieś światło.

Julka zawołała:

– Niech będzie tu światło. Proszę!

TRZASK. TRZASK. Dookoła zaczęły się włączać wielkie reflektory.

Pomieszczenie zalało światło tak mocne, że musieli na chwilę zamknąć oczy.

Kiedy je otworzyli, krzyknęli ze zdumienia.

Znajdowali się na scenie ogromnego teatru. Przed nimi była widownia chyba z tysiącem miejsc. Fotele stały na parterze, a także na sześciu balkonach! Widok był niesamowity.

– To jest teatr... – wyszeptał zdumiony Alik.

– Raczej opera – powiedziała Idalia. – Zobaczcie... Tam są instrumenty i nuty.

W kanale poniżej sceny stały pulpity do nut i czarny fortepian.

Dzieci i kundelek rozglądali się niepewnie. Jeszcze nigdy nie byli w takim niesamowitym miejscu. Poza nimi nikogo tu nie było.

Ciszę przerwała Julka:

– Muszę iść do łazienki!

Wszyscy zeszli z grzbietu słonia i ruszyli na poszukiwanie toalety.

Stalowy kolos został na scenie. Oświetlony reflektorami wyglądał jak dekoracja z *Gwiezdnych wojen*.

Dziewczyny znalazły w holu toaletę i zniknęły za drzwiami.

Potem cała czwórka zaczęła zwiedzać budynek opery. Chcieli poszukać czegoś do jedzenia, a później opracować plan dotarcia na plac Wolności.

Błądzili po korytarzach pełnych luster, kryształowych żyrandoli i czerwonych dywanów. Na piętrze znaleźli kawiarnię, gdzie w ladach chłodniczych stały wytworne desery i napoje. Zjedli migdałowe ciastka z pysznym kremem i białą galaretkę z owocami. Popili sokiem z mandarynek.

– Co robimy dalej? – spytała Idalia.

– Musimy dotrzeć do tej szkoły – powiedział Alik.

– To wiadomo – mruknął Budyń. – Ale jak to zrobić?

– Na słoniu na sto procent nie przejedziemy – stwierdził Alik. – Znów go złapią i zagonią do pracy.

– Ja mam pewien pomysł – powiedziała Idalia.

– Mam was znowu uniewidzialnić? – zapytała Julka.

– Nie. Niewidzialność się nie sprawdza, bo roboty wykrywają nasze ciepło.

– To jaki masz pomysł? – spytał Alik.

– Musimy wyglądać jak roboty.

– Ja się nie zgadzam! – zawołał Budyń. – Nie chcę się zmieniać w robopsa!

– Nie chodzi o zmianę, tylko o makijaż.

– Nie rozumiem – zdziwił się Alik.

– W operze na pewno są kosmetyki do makijażu – powiedziała Ida. – Możemy się ucharakteryzować na roboty.

– To jest niewykonalne! – zawołał Alik.

– Dlaczego? W filmach często tak robią. Charakteryzują aktorów na goryli albo na zombie. Musimy znaleźć charakteryzatornię i sprawdzić, czy to jest możliwe.

Za sceną znaleźli pokój pełen luster z żarówkami. Na półkach stały setki słoików z farbami i tuszami. Były też peruki, sztuczne nosy, rzęsy i brody. A także spraye z tajemniczymi napisami: „farby metaliczne", „farby świecące" i wiele innych.

Idalia została główną charakteryzatorką, a Julka jej asystentką.

Najpierw pomalowały całego Alika srebrną metaliczną farbą. Wokół oczu dorysowały linie tuszem świecącym w ciemności. Dodatkowo przykleiły Alikowi zegarek na czole, a na brzuchu latarkę. Na koniec założyły mu perukę ze sterczącymi włosami. Trysnęły na nią srebrnym lakierem. Włosy wyglądały jak anteny na głowie kosmity.

– Super wyglądasz! – zawołała Ida.

Alik naprawdę przypominał metalowego robota!

– Budyń, teraz ty! – zawołała Julka.

– Naprawdę muszę? – jęknął psiak.

– Tak.

Kundelka było trudniej ucharakteryzować, bo miał sierść. Ale po godzinie pracy i zużyciu kilograma farby Budyń wyglądał jak stalowy pies z horroru. Nawet jego ogonek został usztywniony lakierem i sterczał jak antena.

Potem Ida i Julka zamknęły się w charakteryzatorni i same zaczęły się malować.

Trochę to trwało, ale kiedy wyszły, Budyń i Alik krzyknęli ze zdumienia. Dziewczyny wyglądały jak superroboty, a w dodatku migotały, bo przykleiły sobie diody z bateriami, które znalazły w szafce.

Na koniec z magazynu kostiumów wzięli metalowe buty od rycerskich zbroi.

Obejrzeli się w wielkich lustrach.

– Bardzo dobrze! – powiedziała Idalia. – Żaden robot nie pozna, że jesteśmy ludźmi. Ale trzeba szybko wyruszyć, zanim makijaż się rozmaże.

– No dobra, chodźmy – westchnął Budyń, który czuł się okropnie, bo lakier usztywnił mu sierść. Psiak nie mógł nawet machać ogonkiem!

Przed opuszczeniem teatru poszli pożegnać się ze słoniem. Patrzył nieufnie, bo w charakteryzacji ich nie rozpoznał. Uspokoił się, dopiero gdy Julka zawołała:

– To my!

Alik wdrapał się do kabiny. Na ekranie nawigacji sprawdził, jak dotrzeć na plac Wolności.

– Dobra – powiedział. – Wiem, którędy iść.

Julka pogłaskała trąbę stalowego słonia.

– Jest mi smutno, że musisz tu zostać – westchnęła. – Obiecuję, że po ciebie wrócę. Muszę teraz zgasić światło, żeby ohydne roboty ciebie nie odkryły. Ale ty chyba nie boisz się ciemności, prawda?

Dziewczynka wyszeptała prośbę. Reflektory zgasły i na scenie zapadła ciemność. Świeciły się tylko zielone strzałki pokazujące drogę do wyjścia.

Poszli do holu.

– Pamiętajcie – powiedział Alik – jak spotkamy roboty, to poruszamy się tak jak one. To znaczy w kanciasty, mechaniczny sposób.

– I trzeba udawać głos robotów – dodała Idalia. – Mówić sztucznie i powoli.

– A jeżeli one się połapią, że jesteśmy ludźmi?

– Wtedy Julka zrobi czar obronny.

– Jaki? – spytała dziewczynka.

– Jeżeli roboty będą małe, to wywołaj wiatr.

– A jak będą niemałe?

– Wtedy zrób dziurę w ulicy.

Alik ostrożnie uchylił drzwi. Przed operą nie było widać robotów.

– Idziemy!

Zeszli po schodach. Alik dał znak ręką i skręcili w prawo, w wąską uliczkę.

Nagle Idalia zatrzymała się.

– Co jest? – spytał nerwowo Alik.

– Mam jeden pomysł – powiedziała dziewczyna.

– Jaki?

– Musimy się wyperfumować.

– Po co!?

– Roboty mogą mieć czujniki zapachu i nas wywęszyć. Lepiej się zakamuflować.

Poprowadziła przyjaciół do drogerii, która była po drugiej stronie ulicy. W sklepie nikogo nie było.

Idalia podeszła do półki i zdjęła flakon z napisem „Chanel N°5".

– Julka, zmień te perfumy na „Smród robota".

Dziewczynka wypowiedziała życzenie. Błysnęło. Flakon podskoczył.

Idalia wylała kilka kropel perfum na podłogę.

– Budyń, sprawdź, jak to pachnie.

Kundelek węszył przez chwilę.

– Ohydny smród – mruknął. – To znaczy bardzo dobry. Cuchną jak zardzewiała koparka. Dokładnie tak pachną roboty.

– Super.

Ida wylała porcję perfum na każdego z nich. Julka zaczęła kichać, bo zapach był naprawdę obrzydliwy.

– Teraz roboty nas nie wyczują – powiedziała Idalia.

Wyszli z drogerii i ruszyli ulicą. Za rogiem zobaczyli grupę robotów malujących budynek. Miały dziesięciometrowe ręce, z których tryskała farba w sprayu. Ich także pilnował wielki szary strażnik.

Jakiś chudy robot pracował wyraźnie wolniej niż inne. Jego silniki jęczały i rzęziły. Strażnik podszedł do robota, podniósł go i zaczął gdzieś nieść.

Dzieci usłyszały jak „chudzielec" krzyczy: „Nie jestem zepsuty! Nie jestem przestarzały. Mogę pracować… Proszę! Będę się starać!".

Strażnik z chudym robotem zniknęli za rogiem ulicy. Po chwili strażnik wrócił sam. Znowu zaczął nadzorować pracujące maszyny.

Dzieci i kundelek nie wiedzieli, co robić. Żeby iść dalej, musieli przejść obok strażnika. Alik szepnął:

– Nie możemy tu stać. Chodźcie. Udawajcie ruchy robotów.

Zaczęli maszerować równym, mechanicznym krokiem. Minęli strażnika. Spojrzał na nich, ale nie próbował ich zatrzymać.

Przyspieszyli kroku. Dotarli do szerokiej alei.

Usłyszeli muzykę, rytmiczne uderzenia w bębny i hałaśliwe dźwięki trąb. Ulicą maszerowała orkiestra robotów. Bardzo dziwna orkiestra, bo nie było w niej muzyków. Szły same instrumenty! Ogromne trąby na cienkich nogach i wielkie bębny na stalowych łapach. Instrumenty grały same. Za orkiestrą maszerowały różne maszyny. Szły równo, w rytm muzyki. Wyglądało to na defiladę.

Kiedy pochód mijał dzieci i Budynia, jakiś robot wyskoczył z szeregu i podbiegł do nich.

– Maszerować! – ryknął. – Wszyscy muszą maszerować. Już! Do szeregu! Maszerować!

Wepchnął dzieci i kundelka do pochodu.

Musieli iść razem z innymi robotami.

– Alik, uciekamy? – spytała cicho Ida.

– Nie.

– Dlaczego?

– Bo oni idą w dobrym kierunku.

Alik, Ida, Julka i Budyń maszerowali w ostatnim szeregu. Starali się poruszać jak roboty. Po chwili dotarli do dużego placu.

– Zobaczcie! – szepnął Alik. – To jest tutaj!

Wskazał na tablicę z napisem: PLAC WOLNOŚCI.

– Urywamy się…

Skoczyli za kiosk z gazetami. Pochód robotów oddalił się. Dzieci i kundelek zostali sami na placu. Ostrożnie wysunęli się z kryjówki.

– Szkoła to tamten dom! – powiedział Alik. – Ten biały.

Po zachodniej stronie placu stał duży budynek z napisem: LICEO CLASSICO.

Chcieli tam pójść, kiedy usłyszeli ciche brzęczenie.

Spomiędzy chmur wyleciało coś błyszczącego. Szybko zaczęło się zniżać. Zobaczyli metalowego owada.

– Osa! – jęknął kundelek.

– Stójcie bez ruchu – powiedział Alik. – Chyba nas nie rozpozna.

Owad krążył nad placem, coraz niżej. Obserwował przebrane za roboty dzieci.

Stalowa osa podleciała do Alika. Zawisła tuż przed nim i przyglądała się. Potem zaczęła krążyć dookoła Idy i Julki. Na szczęście nie rozpoznała, że są ludźmi! Poleciała dalej.

– Uf! Poszła sobie – odetchnęła z ulgą Julka.

– Ona może wrócić – powiedział Alik. – Wejdźmy do tej szkoły. Szybko!

Dzieci i kundelek pobiegli do białego budynku. Drzwi były otwarte. Weszli do środka.

Sto kilometrów dalej Android siedział w kapsule na grzbiecie warana. Patrzył na ekran w dłoni. Był na nim obraz z kamery na głowie osy. Android nagrał go i oglądał już po raz trzeci.

Na monitorze było widać cztery roboty stojące na placu. Roboty?

Android powiększył obraz. Jeszcze bardziej… I wtedy zobaczył, że „roboty" mają oczy! Ludzkie oczy!

– To oni! – syknął. – Znalazłem ich.

Android zatrzasnął drzwi kabiny i krzyknął:

– Jedź!

Stalowy waran ruszył.

Alik, Ida, Julka i Budyń stali w szkolnym holu. Rozglądali się niepewnie.

Było tu pusto, ale z głębi budynku dochodziły jakieś warkoty i stukanie.

– Gdzie może być ten globus? – szepnął Alik.

– Chyba w gabinecie geograficznym – powiedziała cicho Ida.

– Albo w bibliotece.

– A może w jakiejś klasie?

– Musimy zajrzeć po kolei do każdej sali – zdecydował Alik.

Ruszyli szkolnym korytarzem. Przed pierwszymi drzwiami zatrzymali się. Alik otworzył je ostrożnie.

Była to klasa szkolna, ale zupełnie pusta. Brakowało stołów i krzeseł, nie było nawet tablicy. Na ścianach wisiały resztki szkolnych gazetek.

– Pewnie roboty usunęły wszystkie przedmioty – powiedziała Idalia. – Przecież maszyny nie potrzebują krzeseł ani zeszytów.

– Ani globusów – dodał Budyń.

– Cicho – szepnął Alik. – Tam ktoś jest...

Na końcu klasy stał mały robot wyglądający jak dziecko. Miał puszkę z farbą w sprayu przymocowaną do metalowej ręki. Malował ścianę. Farba miała ponury szary kolor.

Alik dał znak. Ostrożnie się cofnęli i ruszyli dalej korytarzem.

Następne drzwi były metalowe. Chyba wstawiono je niedawno, bo lśniły świeżą farbą. W drzwiach było okrągłe okienko jak w więziennej celi. Zajrzeli przez nie.

W klasie było kilkanaście małych robotów, chyba uczniów ze szkoły robotów. Elektryczne przewody łączyły je z ładowarkami w podłodze.

Wysoka maszyna jeździła pomiędzy nimi. Trzymała w manipulatorze przedmiot przypominający latarkę. Zatrzymała się obok jednego z małych robotów. Otworzyła klapkę w jego głowie i skierowała tam promień lasera. Oczy „ucznia" rozbłysły, zamigotały, a potem przygasły. Robot zamknął klapkę i pojechał do następnego „ucznia".

– Alik, co on robi? – spytała cicho Ida.

– To chyba cyfrowy nauczyciel. Uczy małe roboty. To znaczy programuje im procesory.

– Okropne – powiedziała zdenerwowana Idalia. – Te roboty były niedawno dziećmi, takimi jak my. A teraz są podłączone do ładowarek, a głupia maszyna przerabia im mózgi. To straszne...

– Mam nadzieję, że my się nie zmienimy w coś takiego – szepnęła Julka.

Alik kiwnął ręką.

– Chodźcie.

Ruszyli dalej. Nagle rozległ się warkot. Z bocznego korytarza wyłonił się gruby robot, pomalowany na czerwono. Poruszał się na kółkach, miał cztery ręce i migoczący napis: WOŹNY.

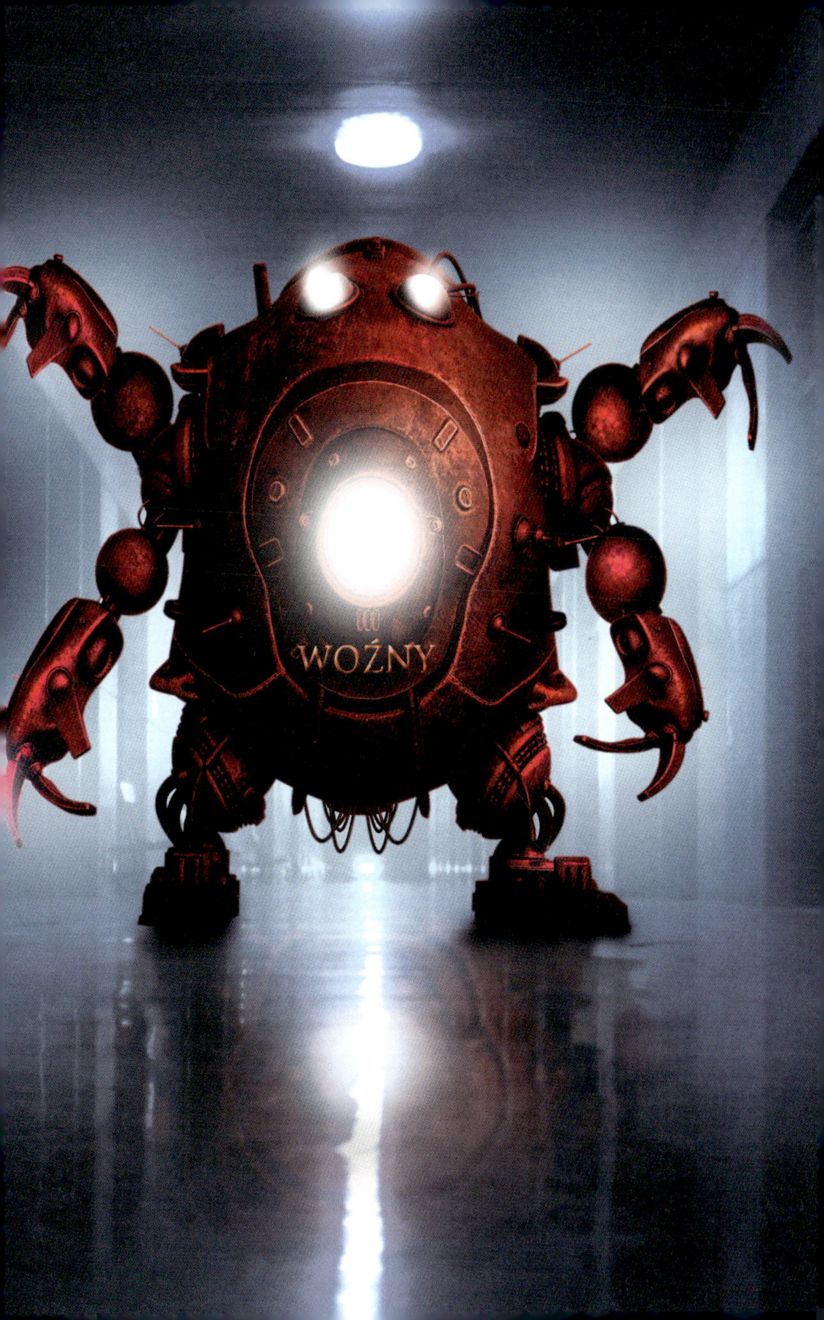
WOŹNY

Robot błyskawicznie do nich podjechał. TRZASK! Złapał manipulatorami dzieci i Budynia.

Zawołał zgrzytliwym głosem:

– Dlaczego nie pracujecie? Jesteście nieposłuszni! Praca i nauka. Teraz praca. Jazda!

„Woźny" myślał, że są uczniami ze szkoły robotów. Nawet Budynia wziął za metalowe dziecko na czterech nogach.

Robot ruszył, trzymając mocno „jeńców". Jechał tak szybko, że musieli biec. Zawlókł ich do innej części szkoły. „Woźny" podjechał do uchylonych drzwi, zza których dochodziły trzaski i zgrzyty. Wepchnął dzieci i kundelka do wnętrza.

Znaleźli się w szkolnej bibliotece. Pracowało tu wielu stalowych uczniów. Zdejmowali z półek książki, mapy i stosy gazet. Wynosili je gdzieś.

Gruby robot warknął:

– Pracować! Teraz! Wszyscy!

Odjechał pod ścianę, ale obserwował ich uważnie.

– Co mamy robić? – spytała cicho Julka.

– To samo co inni – szepnął Alik. – Bo inaczej się połapie, że nie jesteśmy robotami.

Ida i Alik chwycili naręcza książek. Julka wzięła zrolowaną mapę. Budyń, który nie miał rąk, popychał głową kosz z gazetami. Razem z innymi „uczniami" wymaszerowali z biblioteki. Czuli się jak mrówki, które noszą liście do mrowiska. Metalowy woźny jechał za nimi.

Kawalkada robotów wyszła na szkolne boisko. Leżał tu ogromny stos przedmiotów. Najwięcej było książek. Były też meble, tablice i zabawki.

Małe roboty rzuciły przyniesione książki na stos.

Alik zobaczył, że jeden z metalowych uczniów trzyma książkę, jakby nie chciał jej oddać. Była to bajka *Pinokio*. „Uczeń" gapił się na okładkę cyfrowymi oczami.

Podjechał do niego „woźny”, wyrwał książkę i cisnął na stertę.

Na boisko wjechał robot mający piły zamiast rąk. Tarcze z zębami wirowały, piszcząc przeraźliwie.

Wszyscy „uczniowie” zastygli w bezruchu.

Robot podjechał do stosu książek i zaczął je kroić na kawałki. *Pinokio*, *Kubuś Puchatek*, encyklopedie i podręczniki były rozdzierane na strzępy. Poszarpany papier fruwał w powietrzu.

Julka bardzo się rozzłościła.

– Co za głupek! – szepnęła. – Niszczy książki! Nie mogę na to patrzeć!

Zrobiła krok do przodu i zanim Alik ją powstrzymał, powiedziała:

– Niech te książki uciekną! Proszę!

TRACH! Powiał gwałtowny wiatr. Podmuch uderzył w stos książek, które uniosły się w powietrze.

Robot niszczarka próbował je łapać. Jednak porwane wiatrem książki odfrunęły jak uciekające ptaki.

Wichura była tak mocna, że nawet gruby stalowy woźny ledwo stał na nogach. Wrzasnął coś i wszystkie roboty wycofały się do szkoły.

Dzieci i Budyń zostali sami na boisku. Ukryli się za śmietnikiem. Kiedy wiatr ustał, Alik wysunął głowę z kryjówki.

– Zobaczcie! – krzyknął. – Globus!

Gdy książki odfrunęły, na boisku została sterta cięższych przedmiotów. A na jej szczycie stał globus! Wcześniej, przysypany książkami, był niewidoczny. Teraz błyszczał w słońcu. Wyglądał jak mała Ziemia z oceanami i kontynentami.

Dzieci i kundelek wspięli się na stertę połamanych mebli. Alik pierwszy dopadł do globusa. Podniósł go i uważnie obejrzał.

– Podstawa na pewno jest drewniana – szepnął. – Chyba z dębowego drewna!

– To na pewno ten globus! – zawołała podekscytowana Idalia.

– Nie wiadomo – powiedział Alik. – W szkole może być ich dużo.

– A ja myślę, że to jest magiczny przedmiot – stwierdziła Julka.

– Skąd wiesz?

– Czuję to.

– Zrobimy próbę? – spytała Ida.

– Nie tutaj – pisnął Budyń. – Zaraz przylezą roboty i zabiorą nam go. Wynośmy się stąd!

Alik wziął globus i ruszyli przez boisko w stronę bocznej furtki.

Nagle usłyszeli wołanie:

– Wracać!

Odwrócili się.

W drzwiach szkoły stał „woźny".

– Wracać!

Dzieci i kundelek rzucili się do ucieczki. Gruby robot ruszył za nimi. Na szczęście boisko było zawalone różnymi przedmiotami, więc musiał jechać slalomem. Ale i tak doganiał uciekinierów.

Dzieci wbiegły za żywopłot rosnący wokół boiska.

Robot zbliżał się. Było słychać, jak przedziera się przez krzaki.

– Dopadnie nas! – jęknął Alik.

Wtedy Idalia przypomniała sobie czar, jaki zrobili, kiedy znaleźli berło.

– Julka, poproś, żeby rośliny urosły olbrzymie! – zawołała. – Krzaki i trawa, wszystko ma być wielkie!

Julka wypowiedziała życzenie. Rośliny zaczęły gwałtownie się powiększać. Trawa urosła na pięć metrów, krzewy stały się wysokie jak domy.

Zielona dżungla oddzieliła ich od grubego robota.

„Woźny" szukał drogi przez gąszcz olbrzymich roślin. Próbował wyrywać wielkie trawy i łamać gałęzie. Bez skutku. Były zbyt grube i splątane.

W tym czasie dzieci i Budyń wymknęli się przez boczną furtkę na ulicę. Znaleźli się na tyłach szkoły.

– Musimy się gdzieś ukryć – powiedział zdyszany Alik – żeby spokojnie sprawdzić ten globus.

– Gdzie się schowamy? – spytał Budyń.

– Wróćmy do opery – zaproponowała Idalia.

– Fajnie! – zawołała Julka. – Bo już się stęskniłam za moim słoniem.

Ruszyli wzdłuż szkolnego ogrodzenia. Po chwili dotarli do placu Wolności. Rozejrzeli się, sprawdzając, czy nie czai się gdzieś „woźny".

– Nie ma go – powiedział Alik. – Idziemy.

Przebiegli przez plac i ruszyli ulicą prowadzącą do budynku opery.

Na chodnikach stały setki robotów. Maszyny były nieruchome, wpatrywały się w perspektywę ulicy. Jakby na coś czekały...

Nagle rozległ się głuchy huk. Rytmiczne uderzenia. BUM. BUM. BUM. Chodnik zadrżał.

– Coś tu idzie! – szepnęła Idalia. – Coś wielkiego.

Dzieci i kundelek zatrzymali się, patrząc niepewnie.

– Lepiej się schowajmy – powiedział Alik.

Ukryli się w bramie domu.

Hałas był coraz głośniejszy. Chodnik i domy dygotały. Po chwili w głębi ulicy pojawił się olbrzymi waran. Kroczył powoli. Asfalt pękał pod jego ciężkimi łapami.

Z kapsuły na grzbiecie warana wychylał się jasnowłosy chłopak.

– Android! – szepnął przerażony Alik. – Na pewno przyjechał, żeby nas złapać.

Roboty stojące na chodnikach kłaniały się pokornie. Gdy stalowy potwór je mijał, ruszały za nim. Pochód tysięcy maszyn zmierzał w stronę placu Wolności.

Alik, Ida, Julka i Budyń siedzieli skuleni w bramie. Kiedy roboty odeszły, bocznymi uliczkami pobiegli do budynku opery. Wpadli do środka, zamykając starannie drzwi.

Poszli wszyscy do łazienki, żeby zmyć charakteryzację. Potem powędrowali na scenę.

Julka włączyła światło. Słoń nadal stał na środku sceny. Dziewczynka zaraz do niego podbiegła.

– Witaj, słoniu! – zawołała. – Wróciliśmy! I znaleźliśmy cudowny globus!

Słoń uniósł metalową trąbę i delikatnie dotknął dłoni Julki.

Alik ostrożnie postawił globus na scenie. Dzieci i Budyń przykucnęli obok niego.

INDISCHER
OZEAN

– Czy pamiętacie, co d o k ł a d n i e mówił Korto o globusie? – spytał Alik.

– Każdy obrót oznacza zmianę czasu o jeden dzień – powiedziała Idalia. – Czas się cofa albo idzie do przodu.

– Pamiętasz, kiedy się cofa? – spytał Alik.

– Jeżeli obróci się globus w kierunku wschodnim. A gdy się go przekręci w przeciwną stronę, czas się przesuwa do przodu.

– Jesteś pewna?

– Tak powiedział Korto.

– Wschód jest tu. – Alik dotknął globusa.

– Uważaj! – zawołała Ida. – Bo cofniesz czas!

– Raczej nie. Korto mówił, że najpierw trzeba uruchomić moc przedmiotu.

– Zgadza się – potwierdził Budyń. – Mówił, że musimy dotknąć miejsca najgłębszego i najwyższego.

– Jednocześnie! – dodała Julka.

– Ale co to może znaczyć? – zastanawiał się Alik. – Przecież globus jest kulisty, a na kuli wszystkie miejsca są takie same.

Nic nie przychodziło im do głowy.

– A może on już działa? – powiedział Budyń. – Sprawdźcie to!

– Ja spróbuję – zgłosiła się Idalia.

– Tylko obróć go we właściwym kierunku! – zawołał Alik. – Dziesięć razy.

– Dlaczego właśnie dziesięć?

– Bo Android powstał dziewięć dni temu. To znaczy, że musimy cofnąć czas o dziesięć dni. Wtedy Android zniknie. A roboty znowu będą ludźmi.

– Dobra. Uwaga... Zaczynam!

Idalia dotknęła globusa i spróbowała go obrócić. Bez skutku. Kula nawet nie drgnęła. Tkwiła nieruchomo jak przyklejona Super Glue.

– Nie można jej ruszyć! – zawołała Idalia.

– Czyli Korto miał rację – westchnął Alik. – Najpierw trzeba odblokować moc przedmiotu. To zresztą oczywiste. Inaczej mnóstwo ludzi przesuwałoby czas. Na przykład nauczyciele i uczniowie w tamtej szkole.

– Miejsce najgłębsze i najwyższe... – zastanawiała się Idalia. – Co to może znaczyć?

Patrzyli niepewnie na globus.

– Słuchajcie! Nie możemy tu siedzieć i się gapić – powiedział w końcu Budyń. – Przecież ten przeklęty Android nas szuka. W końcu tutaj trafi. Potnie nas na kawałki albo zmieni w pożeraczy śmieci.

– To co mamy zrobić? – spytała bezradnie Idalia.

– Ja chyba wiem! – zawołała Julka.

Spojrzeli zdziwieni na dziewczynkę.

– Co wiesz?

– Kiedyś wymyśliłam bajkę...

– Nie mamy czasu na bajki! – przerwał niecierpliwie Alik.

– Pozwól jej skończyć – poprosił kundelek.

– No dobra. Mów, Julka.

– No więc kiedyś wymyśliłam bajkę o lwie. Duży lew gnębił małe zwierzęta. Ale one się zbuntowały i razem go pokonały.

– I co z tego? – spytał zniechęcony Alik.

– No... Gdyby roboty się zbuntowały przeciw Androidowi i zaczęły z nim walczyć, to go pokonamy. Jego i tego potwora, na którym jeździ.

– Niewykonalne – westchnął Budyń. – Roboty słuchają Androida, bo taki wydał rozkaz, kiedy je tworzył. Są mu posłuszne jak wytresowane psy. Twoje prośby nic tu nie dadzą i…

– Czekajcie! – przerwał Alik. – A może to wcale nie jest głupie!

Wszyscy spojrzeli na niego pytająco.

– Magia nie wpływa na roboty bezpośrednio – powiedział chłopak. – Ale może uda się stworzyć sterownik.

– Sterownik? – zdziwiła się Idalia.

– Przecież roboty to maszyny. Nie działają samodzielnie. Można nimi kierować. Android na pewno wydaje im rozkazy za pomocą fal radiowych czy czegoś podobnego. Jeżeli przejmiemy sterowanie, to roboty będą słuchać nas. Każemy im się zbuntować. Rozumiecie? Wywołamy bunt robotów! Tylko Julka musi wyczarować sterownik, którym będzie można nimi kierować. Coś takiego jak manipulator do drona.

– Jak zrobić coś takiego? – zastanawiał się kundelek.

– Trzeba znaleźć odpowiednie urządzenie i Julka je zaczaruje. Pamiętacie, jak zmieniła barometr w wykrywacz os? To się może udać!

Wyruszyli na poszukiwania przedmiotu, który dałoby się przerobić na sterownik robotów. Długo nie mogli znaleźć niczego odpowiedniego. Wreszcie trafili na drzwi z napisem: ŚWIATŁO I DŹWIĘK.

W pomieszczeniu jedna ściana była ze szkła. Przez szybę było widać scenę i widownię. Na środku stał pulpit z mnóstwem pokręteł, obok były laptopy i monitory. Z ich pomocą obsługiwało się światła i dźwięk na scenie.

– Zobaczcie! Tam jest jakiś pilot! – zawołała Ida.

Podbiegła do półki i zdjęła urządzenie przypominające gamepada. Miało kilka przycisków i joystick. Ida nacisnęła jakiś guzik. Zgasło światło na widowni. Dotknęła innego. Reflektory na scenie zaczęły pulsować jak światła w dyskotece.

– To sterownik do świateł – powiedział Alik. – Spróbujemy go przerobić. Julka, siadaj tam. – Wskazał fotel na kółkach obok pulpitu.

Dziewczynka wskoczyła na fotel. Była trochę za niska, więc musiała uklęknąć na siedzeniu.

Alik położył manipulator na pulpicie.

– Posłuchaj, Julka…

– Słucham.

– Poproś, żeby to się zmieniło w sterownik robotów. Żeby można było nimi kierować i…

– Ja wszystko wiem! – przerwała Julka.

Zaczęła coś pospiesznie szeptać. Na końcu głośno zawołała:

– Proszę!

Przez chwilę nic się nie działo. Nagle manipulator drgnął. Odpadła obudowa. A potem z laptopów stojących na pulpicie zaczęły wychodzić procesory, diody i czujniki. Skakały po blacie jak pasikoniki. Zbliżyły się do manipulatora i zaczęły się z nim łączyć. Przyklejały się, przykręcały, wciskały...

Przedmioty tańczyły na blacie, unosząc kurz. Kiedy pył opadł, sterownik był gotowy.

Był teraz znacznie większy. Miał antenę, joystick i trzy przyciski.

– Julka... Wytłumacz, co właściwie wyczarowałaś.

– Wszystko bardzo fajnie wymyśliłam – powiedziała z dumą dziewczynka. – Czerwony przycisk oznacza NAPRZÓD, a żółty STOP. Joystickiem ustalasz kierunek. Ale najważniejszy jest zielony guzik.

– Co on oznacza?

– BUNT.

– Czyli co?

– Właściwie nie wiem. Po prostu bunt. Jak to naciśniesz, roboty się zbuntują. Zaczną robić to, co same chcą. Będą takie trochę niegrzeczne. Tak jak ja, kiedy się buntuję.

Alik wziął sterownik.

– Musimy go wypróbować. Trzeba iść do miasta i znaleźć jakiegoś małego, niegroźnego robota. I sprawdzić, czy da się nim kierować. Jeśli sterownik będzie działać, spróbujemy wywołać bunt wszystkich maszyn.

– Idziemy wszyscy? – spytała Idalia.

– Nie! – powiedział stanowczo Alik. – Ktoś musi zostać i pilnować globusa. On jest najważniejszy.

– Jak się podzielimy?

– Ty pójdziesz ze mną. Budyń i Julka zostaną w operze. Będziecie strażnikami magicznego przedmiotu. Musicie go strzec, żeby nie wpadł w łapy Androida.

– Ja nie chcę zostać! – zaprotestowała Julka. – Chcę iść z wami i walczyć. Tak, wiem! Zaraz powiesz, że jestem za mała.

– Bo jesteś.

– Ale mam magiczną moc!

– Dlatego musisz tu zostać i chronić globus. Jeżeli przyjdą roboty, wykonasz czar obronny, a jeśli my nie wrócimy do wieczora, uciekniecie i zabierzecie magiczny przedmiot! To jest strasznie ważne. Bo jeżeli nam się coś stanie, musicie cofnąć czas.

– Ale ja nie chcę…

– Koniec dyskusji! – przerwał Alik. – Jest wojna z Androidem. A na wojnie trzeba słuchać rozkazów. Ty i Budyń zostajecie. To rozkaz! Ida, chodź ze mną. Ruszamy!

Alik wziął sterownik i pobiegł do korytarza. Idalia poszła za nim.

Budyń patrzył niespokojnie na odchodzących przyjaciół.

– Uważajcie na siebie! – zawołał.

Alik i Idalia ostrożnie otworzyli drzwi i wyjrzeli.

Na ulicy przed operą nie było żadnych robotów. Ani os. Ich obawiali się najbardziej, bo nie wiedzieli, czy da się nimi sterować. Na szczęście stalowych owadów nie było widać.

– Chodź, Ida. Musimy znaleźć jakiegoś robota i zrobić test.

Ruszyli ulicą w stronę placu Wolności.

– Alik, tam coś jest – szepnęła nagle Idalia. – Tam!

Wskazała boczną uliczkę. Szedł nią mały robot o wyglądzie dziecka. Był to chyba „uczeń" ze szkoły.

– Zrobię próbę – powiedział Alik.

Wycelował sterownik w stronę mechanicznego dziecka. Nacisnął żółty przycisk. STOP!

Robot się zatrzymał.

– Działa! – szepnął Alik.

– To mógł być przypadek... Zrób coś jeszcze.

Alik nacisnął czerwony guzik.

Robot ruszył.

Chłopak przesunął joystick w prawo.

Metalowe dziecko skręciło. Zrobiło trzy kroki i wpadło na ścianę. Mały robot bezradnie przebierał nogami, próbując iść dalej.

Alik obrócił joystick i pchnął go mocniej.

Robot odwrócił się i pobiegł ulicą. Zniknął za zakrętem.

– Super! – szepnął Alik. – Można sterować robotami jak samochodem na pilota. Mam nadzieję, że to będzie działać na wszystkie.

– Szkoda, że uciekł – powiedziała Ida.

– Dlaczego?

– Nie zdążyliśmy wypróbować przycisku BUNT.

– Sprawdzimy go na następnym robocie.

– Ale żadnego nie widać. To dziwne, że one gdzieś zniknęły…

Faktycznie. Na ulicy nie było żadnych maszyn. Jednak z daleka dochodziły hałasy i łomot stalowych nóg. Dźwięki dobiegały z placu Wolności.

Alik i Idalia ruszyli w tamtą stronę. Skradali się ostrożnie, idąc blisko ścian domów.

Musieli uważać. Przecież nie mieli teraz charakteryzacji. Gdyby spotkali robota, którym nie dałoby się sterować, byliby w tarapatach.

Poruszali się jak komandosi w czasie akcji bojowej. Co chwila chowali się w bramach. Obserwowali ulicę, potem wyskakiwali i biegli do kolejnej kryjówki.

W ten sposób dotarli na plac Wolności. Zatrzymali się gwałtownie.

Plac był wypełniony robotami. Byli tu strażnicy, kolczaste roboty bojowe, maszyny budowlane i tysiące innych robotów. Nawet metalowi uczniowie ze szkoły i gruby „woźny". Maszyny stały w równych szeregach jak żołnierze przygotowani do walki.

Nad wszystkimi górował ogromny waran. Na jego grzbiecie siedział Android.

Roboty wpatrywały się w niego. Anteny na ich głowach były skierowane w stronę „władcy".

Dzieci skulone za rogiem domu usłyszały odległy głos Androida. Towarzyszył mu piskliwy dźwięk. Widocznie słowa Androida zmieniały się w sygnał radiowy wysyłany do robotów.

– W mieście są ludzie! – krzyczał Android. – Ostatni ludzie! Dzieci! Ukrywają się tutaj. To nasi wrogowie. Trzeba ich znaleźć. TERAZ!

Tysiące maszyn na placu zaczęły powtarzać:

– Ludzie to wrogowie. Trzeba ich znaleźć. Trzeba szukać dzieci! TERAZ!

Głosy robotów huczały tak straszliwie, że drżały domy wokół placu, a z okien wypadały szyby.

Dzieci słuchały tego z przerażeniem.

– Alik, co robimy? – szepnęła Ida.

– Użyję sterownika.

– Ich jest za dużo! Tu są chyba wszystkie roboty z miasta!

– To dobrze – powiedział cicho Alik. – Zbuntują się jednocześnie!

– A jeśli sterownik nie będzie działać na wszystkie?

– Wyjdę na środek placu – szepnął Alik – żeby sygnał dotarł do każdego robota. Zaczekaj tu.

– Idę z tobą – powiedziała Idalia.

Oboje wysunęli się z kryjówki. Ruszyli w stronę robotów.

Kiedy zrobili kilka kroków, jeden ze strażników obejrzał się. Dostrzegł dzieci. Zawyła syrena alarmowa na jego głowie.

Wszystkie roboty się odwróciły i wycelowały anteny w stronę Idy i Alika.

Android wychylił się z kabiny. On także zobaczył przybyszy.

Krzyknął przeraźliwie, wydając jakąś niezrozumiałą komendę.

Oddział strażników ruszył w stronę dzieci. BUM! BUM! Sto olbrzymich robotów maszerowało prosto na nie. Ziemia jęczała pod ich stopami. Był to straszliwy widok.

Alik patrzył jak zahipnotyzowany. Idalia pociągnęła go za rękę.

– Zatrzymaj ich! – krzyknęła.

Chłopiec otrząsnął się. Podniósł manipulator i skierował go w stronę robotów. Nacisnął STOP.

TRACH. Stalowi strażnicy zatrzymali się jak wmurowani.

Alik odetchnął z ulgą.

– Działa na nich!

Roboty stały nieruchomo jak przyklejone do chodnika.

Android patrzył na to ze zdumieniem.

– Naprzód! – powiedział.

Jego rozkaz zmienił się w sygnał radiowy. Strażnicy drgnęli. Anteny na ich głowach wysunęły się wyżej. Roboty ruszyły w stronę dzieci.

Alik znów wcisnął STOP.

Maszyny się zatrzymały.

– Naprzód! – wrzasnął Android. – Szybko!

Strażnicy zaczęli biec.

– STOP!

– NAPRZÓD!

– STOP!

Roboty dostawały sprzeczne rozkazy. Na przemian ruszały i zatrzymywały się. Miotały się w miejscu jak zepsute zabawki. Ich stalowe głowy rozżarzyły się. Widocznie procesory przegrzały się od nadmiaru komend. Nagle z robotów wystrzeliły iskry i uniósł się dym.

Strażnicy znieruchomieli. Chyba się popsuli, bo przestali reagować na rozkazy.

Wtedy Android zwrócił się do robotów bojowych, wielkich maszyn z kolcami na korpusach.

– Naprzód! – powiedział. – Nie zatrzymywać się. Atak. ATAK!

Bojowe maszyny ruszyły. Zgrzytając i dudniąc, popędziły w kierunku dzieci.

Alik natychmiast skierował w ich stronę sterownik i wcisnął STOP.

Bez skutku. Roboty maszerowały dalej, bo Android nieustannie powtarzał komendę:

– Naprzód. Nie zatrzymywać się! NAPRZÓD!

Bojowe olbrzymy zbliżały się do Alika i Idalii.

Jednocześnie Android zakreślił ręką koło.

– Wszyscy do ataku!

Sygnał dotarł do każdego robota. Tysiące maszyn zaczęły maszerować w stronę dzieci. Jedne roboty szły prosto na nie. Inne okrążały je, odcinając drogę odwrotu. Maszerowała nawet orkiestra robotów, grając bojowego marsza.

Alik i Ida patrzyli ze strachem. Nie mieli dokąd uciec.

Roboty otaczały ich ze wszystkich stron. Zbliżały się.

ESCoRT
2713

13 13

Alik uderzał w przycisk STOP. Przesuwał joystick w prawo, w lewo. Bez skutku, bo Android nieustająco powtarzał:

– NAPRZÓDNAPRZÓDNAPRZÓD!

Nie robił przerw na oddech. Nie musiał oddychać! Przecież był robotem.

Tysiące maszyn szły uparcie w stronę dzieci. Huk był potworny. Plac się trząsł.

Roboty były coraz bliżej. Dzieci czuły już gorąco, które biło od rozgrzanych silników.

Idalia krzyknęła:

– Alik! BUNT!

To była ich ostatnia szansa.

Chłopiec uniósł sterownik. Uderzył w zielony przycisk. BUNT!

Sterownik zapiszczał. Wystrzelił z niego zielony laserowy promień. Zatoczył krąg, dotykając wszystkich robotów.

Dzieci patrzyły z napięciem. Jeśli sygnał nie zadziała, to nic ich nie uratuje.

Roboty wciąż szły w ich stronę. Ale maszerowały jakby wolniej. Stawiały kroki z wahaniem, niepewnie…

Nagle wszystkie roboty zatrzymały się. Niezmiernie powoli uniosły stalowe ręce.

Złapały anteny sterczące z ich głów i zaczęły je wyrywać. Wyszarpywały metalowe pręty i ciskały je na ziemię. Niektóre roboty miały dziesiątki anten wyrastających jak włosy. Wyrywały je wszystkie. Inne maszyny miały anteny satelitarne. Rozgniatały je i wyrzucały. TRACH! TRZASK! Błyszczące druty i aluminiowe czasze anten fruwały nad placem Wolności.

Gdy ostatnia antena spadła na bruk, roboty znieruchomiały.

Dzieci patrzyły niepewnie.

– Wyrwały anteny! – szepnął Alik. – Nie odbierają już sygnałów! Teraz nie możemy nimi sterować.

– Android też nie może – powiedziała Idalia.

Nagle zaczęła grać orkiestra robotów. Lecz teraz nie był to bojowy marsz, tylko wesoła taneczna melodia.

Wszystkie roboty zaczęły się obracać. Kręciły się w kółko i podskakiwały. Wyglądało to, jakby tańczyły. Każdy robot poruszał się w inny sposób. Wykonywały szalony taniec zbuntowanych maszyn!

Android krzyczał:

– Naprzód! Do ataku! Słuchać rozkazów! Złapać ludzi! NAPRZÓD!

Jednak maszyny nie słuchały poleceń. Żadnych! Wyrwały się spod kontroli.

Olbrzymi waran stał dotąd spokojnie. Nagle uniósł łapę i wyrwał antenę sterczącą na ogonie. Cisnął ją na bruk. TRZASK!

A potem wielki potwór także zaczął tańczyć.

Android natychmiast pochylił się nad pulpitem w kabinie. Wcisnął RĘCZNE STEROWANIE.

Waran znieruchomiał.

Android pchnął joystick na pulpicie i krzyknął:

– Naprzód!

Waran wykonał rozkaz. Nie miał anteny, ale Android mógł nim sterować ręcznie z pulpitu w kabinie. Olbrzym znowu był posłuszny.

Waran ruszył w stronę Alika i Idalii.

Dzieci nie mogły go zatrzymać. Bez anteny stalowy gad nie odbierał sygnałów ich sterownika!

Waran szedł powoli, bo na jego drodze tańczyły zbuntowane roboty. Olbrzym odpychał je albo przewracał uderzeniami ogona.

Przejście zablokowała mu orkiestra. Instrumenty na cienkich nogach grały radosną melodię.

Android nacisnął czarny przycisk na pulpicie. ATAK!

Waran rozdziawił paszczę. Złapał pierwszego „muzyka" i rzucił go na ziemię. Potem chwytał kolejnych i ciskał na bruk. Trąby, saksofony i bębny upadały z hukiem jak przewrócone kręgle.

Muzyka umilkła.

Zbuntowane roboty przestały tańczyć. Patrzyły uważnie na warana. Wyglądały na bardzo rozzłoszczone. Nagle wszystkie ruszyły w stronę potwora.

Pierwszy podbiegł wielki robot budowlany. Uderzył warana żelaznym młotem. TRACH. Po chwili nadbiegł sprzątacz. Trysnął strumieniem wody w środek paszczy gada.

Kolejne maszyny włączały się do walki. Tłukły warana i wbijały manipulatory w jego cielsko, próbując go przewrócić.

Stalowy olbrzym bronił się. Uderzał kolczastym ogonem. Unosił się i ciął pazurami długimi jak miecze.

Android kierował waranem. Szarpał joystick i wrzeszczał:

– Naprzód! ATAK! Naprzód!

Waran walczył zaciekle.

Jednak zbuntowanych robotów były tysiące! Atakowały warana ze wszystkich stron.

Wreszcie stalowy olbrzym runął. TRACH!

Android wypadł z kabiny i potoczył się po bruku. Zbuntowane roboty otoczyły go ciasnym kręgiem. Cyfrowe oczy patrzyły na leżącego „chłopaka".

Android zerwał się, gotując się do obrony.

Zbuntowane maszyny podchodziły do niego powoli. Tysiące ton stalowych cielsk zbliżały się do Androida. Krąg się zacieśniał.

I wtedy nagle zaczęła grać orkiestra. Muzycy wstali z ziemi i zagrali wesołą melodię. Bębny wybijały taneczny rytm, popłynęły radosne dźwięki trąbek.

Roboty natychmiast zostawiły Androida. Jak małe dzieci zapomniały o wszystkim i wróciły do zabawy. Znów zaczęły tańczyć na całym placu. A potem zbuntowane maszyny rozbiegły się, znikając w sąsiednich uliczkach. Umykały jak szczeniaki, które zerwały się ze smyczy.

Plac Wolności opustoszał. Pozostali tylko Alik i Idalia. A także Android.

Dzieci obserwowały go z napięciem.

Robot ruszył w ich stronę.

– Alik, walczymy z nim? – spytała Idalia.

– Tak – powiedział stanowczo chłopak. – Nienawidzę go! Chcę go pokonać.

– On jest większy…

– Wygram z nim!

Dzieci wiedziały, że sterownik nie działa na Androida. Musiały się z nim bić naprawdę.

Android zatrzymał się kilka kroków od nich. Jego oczy świeciły jak laserowe latarki.

Alik zacisnął pięści i ruszył w stronę robota. Idalia poszła za nim, by razem z przyjacielem wziąć udział w walce.

Wtedy Android sięgnął do kieszeni i wyciągnął coś błyszczącego. Trzymał to w zaciśniętej pięści. Nagle otworzył dłoń. TRACH! Wyfrunął stalowy owad. Królowa os pomknęła w stronę Alika i Idy.

Zanim dzieci coś zrobiły, osa dopadła do Idalii. Alik chciał osłonić przyjaciółkę, lecz było za późno. Owad wbił diamentowe żądło w ramię Idy.

Dziewczyna krzyknęła. Jej skóra zaczęła się zmieniać w metal. Idalia przeistaczała się w robota!

Przemiana trwała zaledwie kilka sekund. Gdy się skończyła, Ida wyglądała niemal jak przedtem, ale jej ciało było teraz z nierdzewnej stali. Miało złocisty ocień i błyszczało w słońcu.

Owad wyrwał żądło z jej ramienia i pofrunął do Alika.

Chłopiec zasłonił się. Osa wbiła żądło w jego dłoń.

Alik zaczął się zmieniać w robota. Mutacja nastąpiła błyskawicznie. Ciało chłopca stało się metalowe. Jego oczy zmieniły się w cyfrowe kamery. Tak jak Ida był robotem człekokształtnym. Miał stalową skórę o srebrnym kolorze.

Z głów Alika i Idalii sterczały anteny.

Android podszedł do nich.

– Witajcie w świecie robotów – powiedział cicho. – Teraz będziecie mi posłuszni. Zawsze!

Wtedy zmieniony w robota Alik ze straszliwym wysiłkiem pochylił się. Chwycił sterownik leżący na ziemi.

Android rzucił się, by mu go wyrwać, jednak Alik zdążył nacisnąć zielony przycisk.

BUNT!

Ze sterownika wystrzelił zielony promień. Dotknął Idalii i Alika.

Dzieci roboty uniosły metalowe ręce i wyrwały z głów anteny. Odrzuciły je daleko.

Patrzyły na Androida, zaciskając metalowe pięści. Wydawało się, że rzucą się na niego.

Jednak wtedy z bruku podniósł się waran. Widocznie system autonaprawy zreperował uszkodzenia. Stalowy gigant stanął wyprostowany i gotowy do walki.

Idalia i Alik odwrócili się i zaczęli uciekać. Pędzili jak szaleni.

– Wracać! – krzyczał Android. – Macie wracać!

Dwa małe roboty nie słuchały. Przecież nie można było już nimi sterować! Przebiegły przez plac Wolności i zniknęły za rogiem ulicy.

Android podszedł do warana. Po drabince wspiął się do kabiny.

– Ruszaj!

– Nie wytrzymam tego czekania! – wołała Julka. – Nie będę tu siedzieć! Budyń, ja chcę pomóc Alikowi i Idalii!

Dziewczynka ruszyła przez scenę w stronę wyjścia.

Kundelek popędził za nią.

– Julka! Stój! Umówiliśmy się, że będziemy na nich czekać. Jeżeli nie wrócą do wieczora, to mamy zabrać globus i uciec! Tak się umawialiśmy.

– Nie chcę uciekać! Chcę im pomóc.

– Julka, zrozum, ja też się o nich martwię. Ale jak coś im się stanie, to możemy ich uratować, tylko cofając czas. Dlatego musimy pilnować magicznego przedmiotu.

– I tak nie umiemy go włączyć. Budyń, musimy ich poszukać i...

W tej chwili trzasnęły drzwi w holu opery. Usłyszeli kroki w korytarzu. Były ciężkie, jakby o podłogę uderzały metalowe buty...

– Słyszałaś? – szepnął kundelek. – Ktoś tu idzie.

– To chyba oni! – zawołała Julka. – Ida i Alik wrócili!

Chciała pobiec do korytarza.

– Czekaj – zatrzymał ją Budyń. – To nie brzmi jak kroki ludzi. I zapach jest dziwny... To mogą być roboty! Julka... Schowajmy się... Weź globus!

Dziewczynka chwyciła magiczny przedmiot. Pobiegli oboje na drugą stronę sceny i ukryli się za jakąś skrzynią.

Kroki stawały się coraz głośniejsze.

Julka i kundelek wysunęli głowy z kryjówki. Zobaczyli, że na scenę wchodzą dwa roboty. Jeden miał złoty kolor, a drugi był srebrzysty. Metalowe stopy stukały o deski.

Roboty zatrzymały się na środku sceny. Wyglądały prawie jak ludzie, lecz ich ciała były ze stali. Lśniły w blasku reflektorów.

Budyń i Julka obserwowali przybyszy.

Złota dziewczyna i srebrny chłopiec powoli obracali głowy, jakby kogoś szukali. Ich laserowe oczy wysyłały świetlne smugi.

– Oni wyglądają jak Ida i Alik! – szepnęła Julka.

– Przecież to roboty.

– Może znowu się pomalowali? Budyń, chodźmy do nich!

– Nie... To może być pułapka...

Kundelek i dziewczynka patrzyli niepewnie na metalowe stwory. Nagle usłyszeli ich głos.

– Gdzie jesteście? Gdzie wy jesteście? Ratujcie nas... Ratujcie!

Dźwięk był cyfrowy, mechaniczny, a mimo to podobny do głosów ich przyjaciół.

– Budyń... Słyszałeś!? – zawołała Julka. – To na pewno oni!

Zerwała się i pobiegła do robotów. Budyń popędził za nią. Julka wołała:

– Idalia, Alik! Czy to wy!?

Dwa roboty pokiwały głowami.

– Jesteście przebrani?

Srebrny robot odpowiedział metalicznym głosem:

– My... Jesteśmy... Robotami.

– Co!? – jęknął Budyń. – Osa was dopadła? Zmieniła was w maszyny?

– Tak… Tak… Tak…

– No to koniec!

Budyń podszedł do „dzieci”. Dotknął nosem ich zimnych metalowych ciał.

– Oni naprawdę są robotami – wyszeptał.

Kundelek i Julka patrzyli z rozpaczą na przyjaciół, którzy przestali być ludźmi. Nie wiedzieli, co zrobić.

Nagle Julka zaczęła krzyczeć:

– Chcę, żebyście byli tacy jak dawniej! Rozkazuję! Proszę! Macie być zwykłymi dziećmi! Proszę!!!

Żadna przemiana nie nastąpiła. Alik i Ida pozostali robotami.

– To się nie uda – powiedział ponuro Budyń. – Przecież wiesz…

Julka umilkła. Potem złapała stalowe dłonie Alika i Idy.

– Nie martwcie się. Ja i tak was lubię. Nawet takich metalowych! Zawsze będę was lubić.

Budyń spojrzał na dziewczynkę.

– Julka… – szepnął. – To oznacza…

– Co?

– Że ty jesteś jedynym prawdziwym człowiekiem, jaki został na świecie. A ja jestem jedynym prawdziwym psem.

– I co teraz zrobimy? – spytała Julka.

– Musimy wreszcie uruchomić globus. I cofnąć czas.

W tej chwili srebrny robot zawołał:

– Nie możecie tu zostać! Android was szuka. Szuka ostatnich żywych stworzeń. Jest blisko.

– To znaczy, że musimy uciec z miasta – powiedział Budyń. – Trzeba ukryć się gdzieś daleko, w bezpiecznym miejscu. Tam spróbujemy odkryć tajemnicę magicznego przedmiotu.

Otworzyły się wielkie wrota opery. Stalowy słoń wysunął głowę.

Na ulicy było pusto. Nie było widać Androida ani warana.

– Jedź, słoniu! – zawołała Julka. – Zawieź nas w bezpieczne miejsce, jak najdalej od tego miasta. Proszę!

Mechaniczny zwierz zszedł po schodach i zaczął biec ulicą.

Po drodze spotykali zbuntowane roboty. Na szczęście maszyny nie zwracały na nich uwagi. Bawiły się lub tańczyły. Czasem stały nieruchomo, leniwie wygrzewając się w słońcu.

Słoń wkrótce opuścił miasto. Na szosie rozwinął pełną prędkość, galopując na zachód.

Wysoko na niebie pojawił się mały świecący punkt. Królowa stalowych os krążyła nad okolicą, próbując wyśledzić uciekinierów. Promienie słońca odbijały się w jej skrzydłach. Nagle osa zastygła. Dostrzegła na drodze słonia.

Android patrzył na ekran w swej dłoni. Widział uciekinierów. Lecz po chwili stalowy słoń zniknął z ekranu. Nawet królowa os nie potrafiła się poruszać tak szybko jak on.

Android pochylił się nad pulpitem w kabinie. Przesunął joystick.

Olbrzymi waran ruszył. Biegł na zachód, tam dokąd uciekali ostatni człowiek i ostatni pies.

Julka i Budyń zerkali co chwila na przyjaciół zmienionych w roboty. Alik i Idalia siedzieli w kabinie nieruchomo. Powtarzali mechanicznymi głosami:

– Nie chcemy być robotami. Nie chcemy... Pomóżcie nam...

Budyniowi i Julce było ich strasznie żal. Dziewczynka co jakiś czas głaskała roboty po metalowych głowach.

– Nie martwcie się – pocieszała je. – Uratujemy was. Wszystko będzie dobrze.

Słoń pędził niestrudzenie, wciąż na zachód.

W końcu Julka i kundelek, zmęczeni monotonnym kołysaniem, zasnęli.

Jechali przez wiele godzin. Słońce zaczynało już zachodzić, gdy stalowy słoń wreszcie się zatrzymał.

Budyń otworzył oczy. Ziewnął i wyjrzał przez okienko w kabinie. Zobaczył morze, daleko w dole, bo brzeg był wysoki, skalisty.

– Julka, obudź się. Dojechaliśmy.

Dziewczynka otworzyła oczy.

– Gdzie jesteśmy?

– Nie wiem. Gdzieś nad morzem. Chyba musimy wysiąść.

Julka wzięła globus i zeszła po drabince. Postawiła magiczny przedmiot na skale. Potem pomogła zejść Budyniowi, bo kundelek nie potrafił sam chodzić po drabinie. Dwa roboty zeskoczyły, lądując na sprężystych stalowych nogach.

– Ciekawe czemu on nas tutaj przywiózł? – spytał niepewnie kundelek.

– Bo to chyba jest koniec wyspy – powiedziała Julka. – A ja prosiłam, żeby zawiózł nas jak najdalej.

Miejsce, do którego przybyli, było zupełnie puste. Biała jak śnieg skała wchodziła w morze, opadając stromo do wody.

– I co teraz zrobimy? – spytała, ziewając, Julka. Była bardzo śpiąca.

– Trzeba wreszcie odkryć, o co chodzi z tym globusem.

– Może on już zaczął działać…

Julka spróbowała obrócić kulę globusa. Bez skutku. Nadal nie dało się jej ruszyć.

– Nie działa…

Dziewczynka bezradnie usiadła na skale.

VOLKSREPUBLIK

Budyń uważnie oglądał globus. Wymalowano na nim niebieskie oceany, zielone kontynenty i czerwone góry. Wielki świat! Kundelek pomyślał, że jest już okropnie zmęczony i chętnie wróciłby do domu. Niestety dom był bardzo daleko… Psiak przypomniał sobie, jak kiedyś walczyli z potworem o siedmiu wcieleniach. Wtedy też podróżowali po całym świecie. Zwierzomaszyna zawlekła ich do największej głębiny na dnie oceanu i…

Nagle Budyń zerwał się.

– Julka! – wrzasnął. – Ja chyba wiem, co trzeba zrobić!

– Co!?

– Słuchaj, a może chodzi o głębinę i o górę?

– Nie rozumiem – zdziwiła się Julka.

– Przecież na globusie jest mapa. Na niej są góry i oceany. Może o nie chodzi? Trzeba dotknąć najwyższej góry i najgłębszego miejsca w oceanie.

Mała Julka patrzyła z podziwem na kundelka.

– Wiesz co, Budyń? Ty jesteś najmądrzejszym psem na świecie! Jasne, że masz rację! Na pewno jest tak, jak mówisz!

Pochyliła się nad globusem i oglądała go uważnie.

– Tylko która góra na Ziemi jest najwyższa i gdzie jest największa głębia?

– Tego nie wiem – westchnął Budyń.

– Ja też nie – powiedziała Julka. – Bo jeszcze nie chodzę do szkoły.

– Ja kiedyś mieszkałem w szkole. Ale interesowałem się obiadkami, a nie geografią.

– Zaraz... – Julka zerwała się. – Przecież Ida i Alik powinni to wiedzieć. Oni chodzą do szkoły. To znaczy chodzili, jak byli ludźmi...

Spojrzeli na roboty. Stały na krawędzi skały i patrzyły w morze. Były nieruchome. Zachodzące słońce odbijało się w ich metalowych ciałach jak w lustrze, aż trzeba było mrużyć oczy.

Julka i Budyń podbiegli do nich.

– Pomóżcie nam! – zawołała dziewczynka. – Musicie powiedzieć, która góra na Ziemi jest najwyższa i gdzie w oceanie jest największa głębina. Wiecie to?

Stalowe dzieci nie odpowiedziały.

– Ida! Alik! Musicie nam pomóc! – krzyknął Budyń. – Inaczej zawsze będziecie robotami! Do końca życia!

Kundelek i Julka wpatrywali się w srebrnego chłopca i złotą dziewczynę. Lecz roboty milczały. Może nie zrozumiały pytania? A może utraciły resztę ludzkich cech i chciały pozostać maszynami?

Usłyszeli jakiś hałas. Dalekie dudnienie. Stawało się coraz głośniejsze.

Julka i Budyń spojrzeli na drogę. Unosiła się nad nią chmura pyłu. Coś zbliżało się do nich. Coś wielkiego.

Hałas był coraz głośniejszy. Nagle z kurzawy wyłonił się ogromny waran.

– Tam jest Android! – wrzasnął Budyń.

– Co robimy? – spytała przerażona Julka.

Budyń rozejrzał się. Znajdowali się na skalistym cyplu. Za nimi było urwisko, a niżej huczące morze. Nie mieli dokąd uciec.

Dudnienie stawało się coraz głośniejsze. Olbrzym zbliżał się. Słońce lśniło w łuskach jego pancerza.

Nagle rozległo się trąbienie. Stalowy słoń uniósł trąbę i zaryczał donośnie. A potem ruszył w stronę warana. Zastąpił mu drogę.

– On chce nas bronić – szepnęła Julka.

Waran zatrzymał się. Obie zwierzomaszyny przyglądały się sobie. Waran był większy, górował nad słoniem. I to on pierwszy zaatakował. Natarł na przeciwnika, próbując go przewrócić uderzeniami kolczastego ogona. Słoń zachwiał się. Odskoczył i wymierzył waranowi cios stalową trąbą.

Olbrzym zatoczył się, ale zaraz znów zaatakował.

Roboty zaczęły zaciekle walczyć. Zgrzytała blacha, wyły silniki, korpusy pękały od potężnych ciosów.

Android w kabinie szarpał joystick i wrzeszczał:

– NAPRZÓD! ATAK! NAPRZÓD!

Waran był znacznie większy i wygrywał walkę. Słoń cofał się. Jedna z jego nóg pękła, a trąba była powyginana. Uderzał nią z trudem i coraz słabiej.

Waran zadawał straszliwe ciosy ogonem. A potem wspiął się i zaczął uderzać łapami uzbrojonymi w potężne pazury.

Dwa roboty, Alik i Idalia, obserwowały walkę. Nagle srebrny chłopak ruszył do globusa stojącego na skale. Za nim poszła Idalia.

Budyń i Julka patrzyli na nich niepewnie.

– Co oni robią? – szepnęła dziewczynka.

Usłyszeli cichy, metaliczny głos Alika. Wyszeptał:

– Wiem... Wiem... Wiem. Najwyższa góra to...

Zamilkł. Dziewczynka podbiegła do srebrnego robota.

– Powiedz! – zawołała błagalnie.

– Najwyższa góra na świecie to... Mount Everest.

Alik wysunął rękę i stalowym palcem dotknął globusa.

– Tutaj...

– A ta głębina? – pisnął Budyń. – Alik, wiesz, gdzie jest największa głębina?

Robot milczał.

Wtedy złota Idalia powoli podeszła do globusa.

Metalowym palcem musnęła mapę, tam gdzie na oceanie była granatowa linia.

– Tutaj. Rów Mariański. Najgłębsze miejsce w oceanie.

W tej chwili rozległ się straszny huk. To stalowy słoń runął na ziemię.

Waran pokonał go.

Olbrzym przekroczył popękany korpus słonia i ruszył w stronę Julki i Budynia.

Kundelek wrzasnął:

– Globus! Julka! Dotknij tych miejsc! Cofnij czas! Szybko!!!

Dziewczynka skoczyła w stronę magicznego przedmiotu. Wysunęła ręce. Odnalazła czerwony punkt wskazany przez Alika. Mount Everest! Położyła tam dłoń.

Poszukała głębiny, którą wskazała Idalia. Rów Mariański. Julka wyciągnęła rękę, najdalej jak potrafiła, by dotknąć granatowej linii. Globus był duży, a Julka mała… Nie mogła sięgnąć do obu miejsc razem. W końcu objęła globus jak ukochaną osobę i dotknęła jednocześnie obu punktów.

– Udało się!

TRACH! Globus rozjarzył się jaskrawym, oślepiającym światłem. Kula zaczęła świecić jak najjaśniejsza gwiazda.

Julka szepnęła:

– Teraz muszę obrócić globus dziesięć razy na wschód.

Słyszała, jak Budyń krzyczy:

– Julka! Szybko!

Dziewczynka wysunęła rękę. Już miała obrócić globus, kiedy padł na nią cień. Obejrzała się. Tuż nad nią stał olbrzymi waran.

Budyń próbował go ugryźć w nogę, ale oczywiście nic to nie dało.

Z kapsuły na szczycie olbrzyma wychylał się Android. Patrzył na małą Julkę.

– Żegnaj, ostatni człowieku – powiedział cicho.

Uniósł rękę i rzucił stalową osę. Owad pomknął w stronę dziewczynki.

Julka zerwała się gwałtownie i odskoczyła. Potrąciła globus. Magiczny przedmiot przewrócił się i runął z wysokiego brzegu. Odbijał się od skał. Kula globusa oderwała się od podstawy i potoczyła po stromym urwisku. Staczała się w stronę morza, wirując jak kula od kręgli.

Na globusie migotały oceany i kontynenty. Czerwone góry i granatowe głębiny. Kula toczyła się coraz szybciej, aż spadła na brzeg morza. Wbiła się w piasek i znieruchomiała.

I wtedy zadrżała prawdziwa Ziemia. Zaczęła się obracać w kierunku innym, niż czyni to zazwyczaj. Cały świat zawirował. Niebo rozbłysło, jakby eksplodowało tysiąc błyskawic. Julka i Budyń przewrócili się. Upadły też dwa roboty, Alik i Idalia.

Waran zatoczył się i runął ze skały, rozpadając się na części.

Android wrzeszczał:

– Nie! NIE!

Po chwili on i wszystko dookoła zniknęło w oślepiającym blasku.

Idalia powoli, z wysiłkiem, otworzyła oczy. Leżała na piasku nad samym brzegiem morza. Dziewczyna chciała wstać, ale zaraz upadła. Strasznie kręciło się jej w głowie. Próbowała sobie przypomnieć, co się stało.

– Czemu ja tu leżę? – wyszeptała.

Wydało jej się, że ma jakiś dziwny głos. Jakby wyższy i piskliwy...

Ida z trudem zdołała usiąść. Zawroty głowy powoli ustępowały. Rozejrzała się przytomniej.

Obok na plaży siedział jakiś chłopczyk w niebieskiej bluzie. Wyglądał na siedem lat, a może osiem... Jego twarz wydawała się Idalii znajoma. Kto to jest? No tak... On przypomina Alika. A raczej jego młodszego brata. Ale przecież Alik nie ma brata...

Idalia usłyszała płacz małego dziecka, niemowlaka. Odwróciła się.

Na piasku leżała malutka dziewczynka. Mogła mieć pięć miesięcy albo mniej. Niemowlak wymachiwał rączkami. Obok dziecka coś się poruszało. Jakieś stworzenie dreptało nieporadnie. To był pies! Malutki szczeniak, taki, co ma ledwie parę tygodni. Szczeniaczek miał śmiesznie zadarty ogonek. Brnął przez piach, cichutko piszcząc.

Idalia nie mogła pojąć, gdzie jest ani kim są te dziwne postaci. W głowie wciąż jej się kręciło i nie potrafiła sobie niczego przypomnieć.

Chłopczyk patrzył na nią z napięciem, ale chyba też miał kłopot z pamięcią, bo tarł czoło i mrugał.

Idalia z trudem się podniosła i podeszła do brzegu morza. Przemyła twarz, a potem przyjrzała się swemu odbiciu w wodzie. I krzyknęła ze zdumienia.

Bo w odbiciu zobaczyła dziewczynkę młodszą od siebie o wiele lat.

Wyglądała jak siedmioletnie dziecko!

Zerknęła na niemowlaka. Potem na szczeniaka, który podszedł do niej i cicho skomlił. I nagle Idalia przypomniała sobie wszystko!

Czas! Cofnął się czas! Lecz nie o dziesięć dni. Z jakiegoś powodu globus został obrócony więcej razy. Czas cofnął się o wiele lat. Ten niemowlak to na pewno Julka, a szczeniak to Budyń! To oczywiste.

Podszedł do niej chłopczyk.

– Idalia… To ja, Alik – szepnął. – Pamiętasz mnie?

– Tak. Przypomniałam sobie wszystko! Cofnął się czas!

– O ile lat?

– Chyba o pięć, bo Julka jest niemowlakiem. A ona miała pięć lat. Ty wyglądasz teraz na siedem. A ten szczeniak to Budyń.

– A waran i Android?

– Chyba zupełnie zniknęli.

– Przecież czas miał się cofnąć tylko o dziesięć dni! – zawołał Alik.

– Widocznie cofnął się o więcej...

– Dlaczego?

– Nie wiem.

Niemowlak zaczął krzyczeć i wymachiwać rączkami. Alik i Ida podeszli do niego, trochę się potykając, bo w nowych, młodszych ciałach czuli się niepewnie.

Pochylili się nad dziewczynką. Próbowała im coś powiedzieć, ale oczywiście nie mogła. Przecież jeszcze nie umiała mówić.

Podszedł malutki Budyń i zaskomlił bezradnie. Niestety jako szczeniak nie potrafił mówić. Chyba nawet nie potrafił szczekać.

– Co my teraz zrobimy? – spytała Idalia. – Przecież...

Przerwał jej Alik:

– Zobacz! Tam jest globus! Tam, w wodzie.

Niedaleko od brzegu kołysała się w morzu kula globusa.

Alik wszedł do wody. Był teraz dość mały, więc woda szybko sięgnęła mu do szyi.

Chłopiec zaczął nieporadnie płynąć w stronę globusa. Chwycił go i z trudem powrócił do brzegu.

Globus był w całości, to znaczy kula była znów osadzona na drewnianej podstawie.

– Musimy obrócić go tyle razy, żeby wrócić do właściwego czasu – powiedział Alik.

– Jasne. Tylko jak to obliczyć? Nie wiemy, jaka jest teraz d o k ł a d n a data. Dzień i miesiąc!

– Trzeba znaleźć jakichś ludzi i spytać.

– A Julka? Przecież musimy ją zabrać! I Budynia.

W tej chwili usłyszeli jakieś głosy. Odwrócili się. Plażą szła para młodych ludzi. Mieli plecaki, a chłopak trzymał w ręku telefon. Co jakiś czas robił zdjęcia. Para zbliżyła się do nich. Dziewczyna ze zdziwieniem spojrzała na niemowlaka leżącego na piasku. Podeszła do nich.

– Hej... Dzieciaki, czy coś się stało? – zapytała. – Gdzie są wasi rodzice?

Idalia patrzyła niepewnie.

– Nasi rodzice? Oni są blisko – skłamała. – Poszli na chwilę do samochodu, żeby coś przynieść. Zaraz wrócą. Proszę się nie martwić.

– Okej.

Para chciała ruszyć dalej. Alik podbiegł do nich.

– Przepraszam. Czy może pan powiedzieć, jaki jest dzisiaj dzień?

– Dzień? No, wtorek...

– Nie o to chodzi. Pytam o datę. Dzień, miesiąc i rok!

– Nie wiesz mały, który jest rok? – zaśmiał się chłopak.

– Niech pan powie.

– A umiesz już czytać?

– Tak.

– No to sam sprawdź.

Pokazał telefon. Na ekranie była data. Alik przyjrzał się uważnie.

– Jest pan pewny, że to dobra data? – spytał. – Bo ten telefon jest trochę stary.

– Raczej nie – mruknął chłopak. – To Galaxy S4! Kupiłem go tydzień temu. Najnowszy model.

– No tak... To się zgadza – szepnął Alik.

– Co się zgadza, mały?

– To był nowy model pięć lat temu.

– Co?

– Nic. Dziękujemy. Już wiemy wszystko.

Para odeszła.

– Okej. Znamy datę! – powiedział Alik. – Teraz trzeba obliczyć, ile obrotów globusa należy wykonać. Musimy przesunąć czas do przodu, ale trzeba się zatrzymać przed stworzeniem Androida.

Alik napisał aktualną datę na piasku, a obok datę powstania Androida. Na szczęście dokładnie ją pamiętali, bo wtedy była premiera szkolnego przedstawienia. Dzień później porwano ich i stworzono Androida.

Zaczęli liczyć, zapisując wyniki na piasku.

– Już wiem! – zawołał Alik. – Trzeba obrócić globus tysiąc osiemset osiemnaście razy w zachodnim kierunku.

– Alik, jesteś pewny?

– Na sto procent. Kto obraca globus?

– Ja. A ty licz obroty. Tylko dokładnie.

Idalia uklękła obok globusa i chciała go przekręcić. Kula była nieruchoma.

– No tak. Czas się cofnął, więc trzeba ponownie uruchomić moc przedmiotu.

Na szczęście pamiętali, co trzeba zrobić. Mount Everest i Rów Mariański...

Ida dotknęła obu punktów. Globus rozjarzył się i przygasł.

– Gotowe, obracaj! – szepnął Alik. – Tylko bez przerw, rozumiesz? Nie odrywaj ręki.

Idalia zaczęła kręcić kulą globusa. Była to okropnie męcząca praca.

Malutka Julka i szczeniaczek Budyń obserwowali ją uważnie.

Po kwadransie Idę okropnie rozbolała ręka. Ale wiedziała, że nie może przerwać obrotów.

Minęło prawie pół godziny, kiedy Alik wreszcie zawołał:

– Stop!

– Jesteś pewny?

– Tak.

Idalia cofnęła rękę.

TRACH! Globus rozbłysnął.

Ziemia pod ich stopami zadrżała, a oni przewrócili się na piasek. Znowu stracili przytomność.

– Hej! Obudźcie się!

Alik i Ida otworzyli oczy. Obok nich stała Julka. Wyglądała jak wtedy, gdy ją spotkali. To znaczy miała pięć lat i uśmiechała się promiennie.

– Cześć, Alik! Cześć, Ida!

Podbiegł do nich Budyń. Nie był szczeniakiem. Wyglądał jak zawsze. Kundelek przyglądał się uważnie przyjaciołom.

– Dobrze się czujecie?

– Chyba tak...

– To znaczy, że wszystko się udało – odetchnął z ulgą psiak. – Chodźcie!

Wspięli się wszyscy na wysoki brzeg. Nie było warana ani Androida. Zniknął też słoń.

– Szkoda, że go nie ma – westchnęła Julka.

– Czas się cofnął, więc słoń wrócił do ogrodu zoologicznego – powiedziała Idalia.

– Ja go tam odwiedzę – oświadczyła stanowczo dziewczynka. – I znowu poproszę, żeby ze mną poszedł.

– Chyba nie – powiedział Alik. – Bo już nie masz magicznej mocy. Jesteśmy przed tym czasem, kiedy ją uzyskałaś.

Julka zrobiła niezadowoloną minę.

– To znaczy, że teraz już nie mogę czarować?

– Nie.

– Muszę to sprawdzić!

Julka spojrzała w niebo i zawołała:

– Niech pada deszcz, proszę!

Nic się nie zdarzyło. Niebo było błękitne i świeciło słońce.

Dziewczynka westchnęła.

– Jest mi smutno. Nawet bardzo. Przestałam być niezwykłą Julką.

Idalia ją przytuliła.

– Nieprawda. Nadal jesteś niezwykła.

– A wy będziecie mnie lubić, nawet jak nie umiem czarować?

– No pewnie! – zawołał Budyń. – A najważniejsze, że ludzie znowu są ludźmi, a nie robotami. Na przykład twoja babcia.

– Właściwie nie wiadomo, czy tak jest – powiedział Alik. – Musimy pojechać do miasta i to sprawdzić.

– Ale jak się stąd wydostaniemy? – spytał Budyń. – Nie mamy żadnego pojazdu.

– Poczekajcie! – zawołał Alik.

Zaczął szukać czegoś w kieszeniach. Po chwili wyciągnął błękitny krążek.

– Dra-kula! – krzyknęła Idalia.

– Ona powinna działać – powiedział Alik. – Przecież jesteśmy przed czasem, kiedy się zepsuła.

Alik położył krążek na ziemi i ostrożnie go nacisnął.

Najpierw nic się nie działo. A potem krążek zaczął rosnąć, powiększać się. Po chwili przekształcił się w wielką błękitną kulę.

– Dra-kula znowu działa!!! – krzyknął radośnie Budyń.

Otworzyli właz. Kundelek wskoczył pierwszy. Weszli pozostali. Julka rozglądała się ze zdumieniem po niezwykłym wnętrzu.

Alik usiadł w fotelu pilota i nacisnął START. Silniki zahuczały i dra-kula uniosła się.

Pofrunęli na wschód. Lecieli niezbyt wysoko, bo chcieli sprawdzić, czy ludzie na pewno są ludźmi, a nie robotami. Już po kilku kilometrach ujrzeli parking z autobusami i setki turystów pijących kawę w przydrożnych kafejkach. Byli ludźmi, a nie robotami.

Potem polecieli nad Palermo. Po ulicach chodziły tłumy zwykłych przechodniów. Elegancko ubrani ludzie wchodzili do opery na przedstawienie. Nigdzie nie było żadnych robotów.

Odetchnęli z ulgą.

– Wszystko jest w porządku – powiedziała Idalia.

Alik skierował dra-kulę na południe i po godzinie przylecieli do niebieskiego domu stojącego nad brzegiem morza.

Wylądowali na plaży.

– Julka, musisz iść do babci – powiedziała Idalia.

– Dobrze – westchnęła dziewczynka. – Ale jest mi strasznie przykro, że was tu nie będzie...

– Nie martw się – pisnął Budyń. – Będziemy cię odwiedzać. Bardzo często!

– Naprawdę?

– No pewnie. Teraz dra-kula działa, więc możemy zawsze do ciebie przylecieć. Fru, i już jesteśmy.

– Przysięgacie?

– Tak!

Julka otarła oczy. Pocałowała Budynia i objęła Alika i Idę. Potem powędrowała w stronę niebieskiego domu.

– Babciu, przyjechałam! – zawołała.

Drzwi się otworzyły i wyszła starsza pani o siwych włosach. Patrzyła na Julkę ze zdumieniem (bo wnuczka pojawiła się o tydzień za wcześnie). Ale zaraz podbiegła do dziewczynki i ją przytuliła. Weszły razem do domu.

– Okej – powiedział Alik. – Możemy lecieć.

– Smutno mi, że Julki nie ma z nami – westchnął Budyń.

– Nam też – powiedziała Idalia. – Ale przecież ją odwiedzimy.

Dra-kula wystartowała. Teraz uniosła się na dużą wysokość i poleciała na północ.

Po godzinie wylądowali niedaleko Neapolu, w AQUAPARKU BAMBINI – LUNA. Zabrali Kukiego, Gabi i Blubka.

Przez wiele godzin musieli im opowiadać o swoich przygodach. Kiedy skończyli, Blubek westchnął:

– Jaka szkoda, że mnie tam nie było. Strasznie chciałbym zobaczyć te wszystkie roboty!

– Ja też! – zawołali równocześnie Kuki i Gabi.

– Lepiej, że tego nie widzieliście – powiedział Alik. – Czas robotów był straszny.

– Mam nadzieję, że już nigdy nie powróci – szepnęła Idalia.

– Czy moglibyście trochę przyspieszyć!? – zawołał Budyń. – Bo bardzo się stęskniłem za domkiem. I za kiełbaskami czosnkowymi.

Blubek pchnął joystick i dra-kula pomknęła z wielką prędkością prosto do domu.

WAŻNE INFORMACJE

OPIS WCZEŚNIEJSZYCH ZDARZEŃ

Bohaterowie znaleźli berło obdarzone niezwykłą mocą. Kto je posiada, może wydawać rozkazy ludziom, zwierzętom i przedmiotom. Każdy rozkaz musi być wykonany. Berło jest niebezpiecznym przedmiotem. Nie wolno go dotykać gołymi dłońmi. Rozkazy muszą być przemyślane, bo można niechcący wywołać katastrofę.

Dzieci założyły na berło blokadę, żeby nie mogli go użyć źli ludzie. Stojąc przed zwierciadłem, rozkazały, by magiczny przedmiot słuchał wyłącznie tych, których odbicia widać w lustrze. Były pewne, że w ten sposób tylko one będą mogły wydawać rozkazy.

Groźni przestępcy porwali Alika i Idalię wraz z berłem. Uwięzili ich w zamku na południu Włoch. Zmusili Alika, by z pomocą berła stworzył groźnego robota, który miał służyć bandytom. Robot był olbrzymi, ale potrafił się też zmieniać w Androida, czyli robota wyglądającego jak człowiek. Przypominał wtedy zwykłego chłopca. Dzięki temu mógł się ukrywać pomiędzy ludźmi. Żeby dokonać przemiany, robot musiał użyć specjalnego kryształowego klucza.

Robot wyrwał się spod kontroli (nie słuchał żadnych rozkazów) i uciekł. Mścił się na ludziach, niszcząc elektrownie, by pozbawić świat ciepła i światła.

Dzieci zaczęły walkę z robotem. Najpierw próbowali go pokonać najstarsi: Kuki, Gabi i Blubek. Przegrali, bo robot użył przerażaczy, które powodują, że przeciwników ogarnia strach i uciekają. Wtedy do walki ruszyli Alik, Idalia i Budyń. Gdy robot przybrał postać chłopca, zniszczyli kryształowy klucz, dzięki któremu zmieniał się w stalowego olbrzyma. Oznacza to, że robot na zawsze pozostanie Androidem, wyglądającym jak zwykły nastolatek.

Android zdobył berło i wypowiedział rozkaz, żeby Alik i Idalia mu służyli. Życzenie się spełniło, bo robot, wypowiadając je, stał przed lustrem. Od tej pory Alik i Idalia muszą wykonywać polecenia Androida. A także nosić za nim lustro, by mógł używać magii berła.

Android porwał dzieci i wywiózł je do Neapolu. Chce z ich pomocą zrealizować groźny plan. Przyjaciół próbuje odnaleźć pies Budyń.

O tych zdarzeniach (a także o wielu innych) możecie przeczytać w tomie *Berło*.

KOTY ALFA I ROMEO

Alik i Idalia, ścigając robota, zabrali auto, w którym były dwa koty. Miały na imię Alfa i Romeo, bo ich właścicielka była fanką samochodów tej marki. Kiedy dzieci zostały porwane przez Androida, Alfa i Romeo pomagały Budyniowi w poszukiwaniach.

BUDYŃ – PIES, KTÓRY UMIE MÓWIĆ

Kuki, używając magii czerwonego krzesła, zmienił głos swego psa na ludzki. W tej sposób Budyń stał się jedynym psem na świecie, który mówi jak człowiek. Razem z dziećmi bierze udział w niebezpiecznych wyprawach. Ma genialny węch, który pozwala mu wykrywać zagrożenia wcześniej, niż dostrzegą je ludzie. Pierwsze zdarzenia z mówiącym psem są opisane w tomie *Olbrzym*.

KORTO

Mały robot o wyglądzie skorpiona. Jest niezwykle mądry. Nazwano go przewodnikiem, bo wskazuje drogę do przedmiotów z Magicznego Drzewa. Dzięki Korto bohaterowie znaleźli tajemniczą kostkę do gry, łuk i inne przedmioty. Korto został zniszczony, gdy walczył z Ogromnymi w obronie dzieci. Powrócił jako istota wirtualna, hologram, który potrafi pojawiać się na prośbę dzieci. Początek historii Korto jest opisany w tomie *Gra*.

DRA-KULA

Pojazd stworzony dzięki magii czerwonego krzesła. Ma kształt kuli i lata z dużą prędkością. Potrafi się także toczyć po ziemi. Wewnątrz ma drugą kulę, która w trakcie jazdy pozostaje nieruchoma. W razie niebezpieczeństwa pojazd rozdziela się na cztery osobne miniloty. Dra-kulę można zmniejszać do rozmiaru monety, co ułatwia jej przechowywanie. O tym, jak powstała dra-kula, można przeczytać w tomie *Pojedynek*.

ZNAJOMOŚĆ WIELU JĘZYKÓW

Dzieci użyły berła, by błyskawicznie nauczyć się wielu języków. Dzięki temu w czasie pobytu we Włoszech bez problemu porozumiewają się z innymi osobami (dlatego też włoskie nazwy piszemy po polsku, na przykład imię Giulia jako Julka).

ANDRZEJ MALESZKA

MAGICZNE DRZEWO

CZERWONE KRZESŁO

Niesamowite przygody, niebezpieczeństwa, humor i magia... Autobus, który zwariował, most ze światła i wielka fala tsunami. Latający dom, olbrzymi lew i sto wyczarowanych psów. Fantastyczna opowieść o trójce dzieci, które znalazły krzesło spełniające życzenia. Te dobre i te złe...

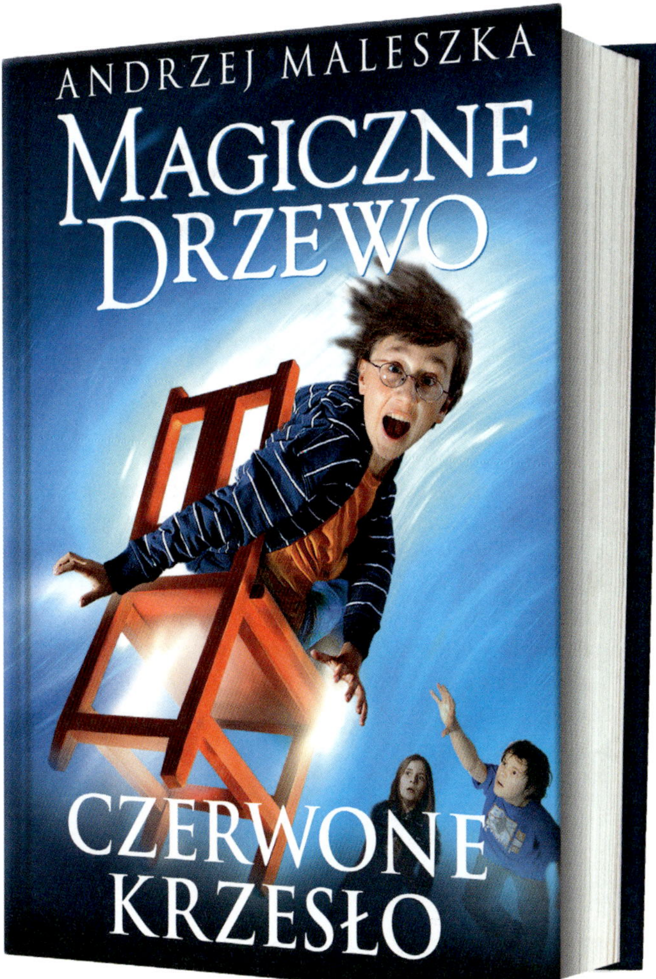
ANDRZEJ MALESZKA
MAGICZNE DRZEWO
CZERWONE KRZESŁO

ANDRZEJ MALESZKA

MAGICZNE DRZEWO

TAJEMNICA MOSTU

NOWA WERSJA

Filip zachorował w wyniku nieostrożnego czaru. By go uratować, Kuki, Wiki i Melania muszą znaleźć most zapomnienia. Wędrują przez góry i jaskinie. Walczą z olbrzymim pająkiem, niedźwiedziem i trójoką Gretą. Znajdują tajemniczy most w Wenecji, lecz czar Grety zatapia miasto. Na ratunek rusza niezwykły robot i kotka Latte.

Nowa wersja powieści i kilkadziesiąt specjalnych ilustracji.

ANDRZEJ MALESZKA
MAGICZNE DRZEWO
NOWA WERSJA
TAJEMNICA MOSTU

ANDRZEJ MALESZKA

MAGICZNE DRZEWO

OLBRZYM

Kuki zostaje obdarzony nadludzką siłą, by pokonać olbrzyma o siedmiu wcieleniach. Walczy ze zwierzomaszynami, stalowym ptakiem i pożeraczem światła. Wędrują z nim mądra Gabi, supergracz komputerowy Blubek i gadający pies. W dalekiej Azji szukają tajemniczego domu pilnowanego przez złotego tygrysa. Powieść w tempie gry komputerowej, pełna przygód i humoru. Nie można się od niej oderwać!

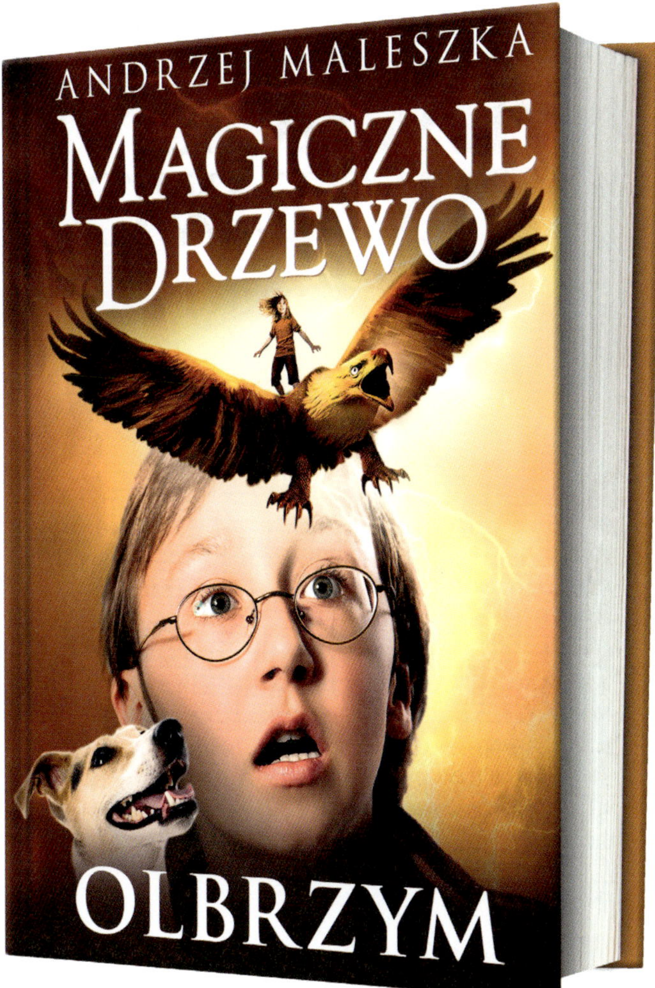
ANDRZEJ MALESZKA
MAGICZNE DRZEWO
OLBRZYM

ANDRZEJ MALESZKA

MAGICZNE DRZEWO

POJEDYNEK

Kuki wyczarowuje swego klona, by zastąpił go w nudnych zajęciach. Jednak klon zdobywa magiczną moc i zaczyna pojedynek z prawdziwym Kukim. Tworzy gigantycznego robota, żywe labirynty i zmienia ludzi w dziwne stworzenia. Na niesamowitej wyspie Kuki, Gabi i Blubek muszą stoczyć niebezpieczną walkę. Czekają na nich olbrzymie roboty, tajemnicze szachy, groźny łapacz i pies mówiący ludzkim głosem. Przygodowa powieść w tempie gry komputerowej.

FACEBOOK.COM/SERIAMAGICZNEDRZEWO

WWW.MAGICZNEDRZEWO.COM

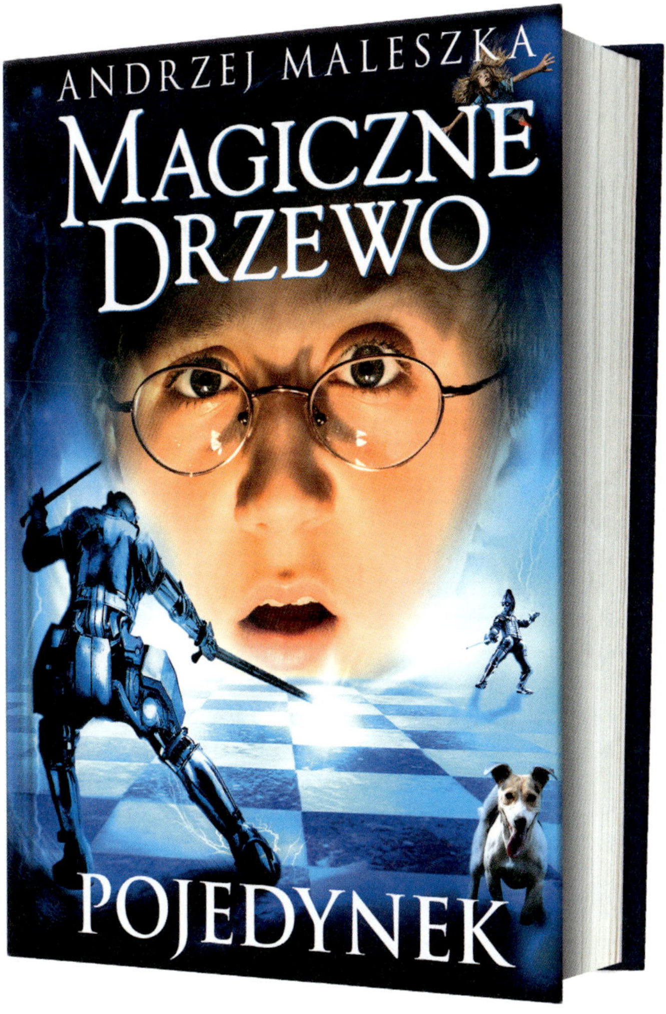
ANDRZEJ MALESZKA
MAGICZNE DRZEWO
POJEDYNEK

ANDRZEJ MALESZKA

MAGICZNE DRZEWO

GRA

Klon Kukiego szuka tajemniczej kostki do gry. Odnajduje ją Kuki. Kostka ma potężną moc i wciąga posiadacza do niebezpiecznej gry. Gdy wypada jedynka, uruchamia się lawina groźnych zdarzeń. Gabi, Blubek, Kuki i jego pies zostają porwani do podziemnej twierdzy klona. Muszą pokonać roboty Moradora i Marę, sterowane nietoperze i pułapki skorpiona Korto. Przygodowa powieść o szybkim tempie i zaskakujących pomysłach. A także o szczęściu, pechu i przyjaźni...

FACEBOOK.COM/SERIAMAGICZNEDRZEWO

WWW.MAGICZNEDRZEWO.COM

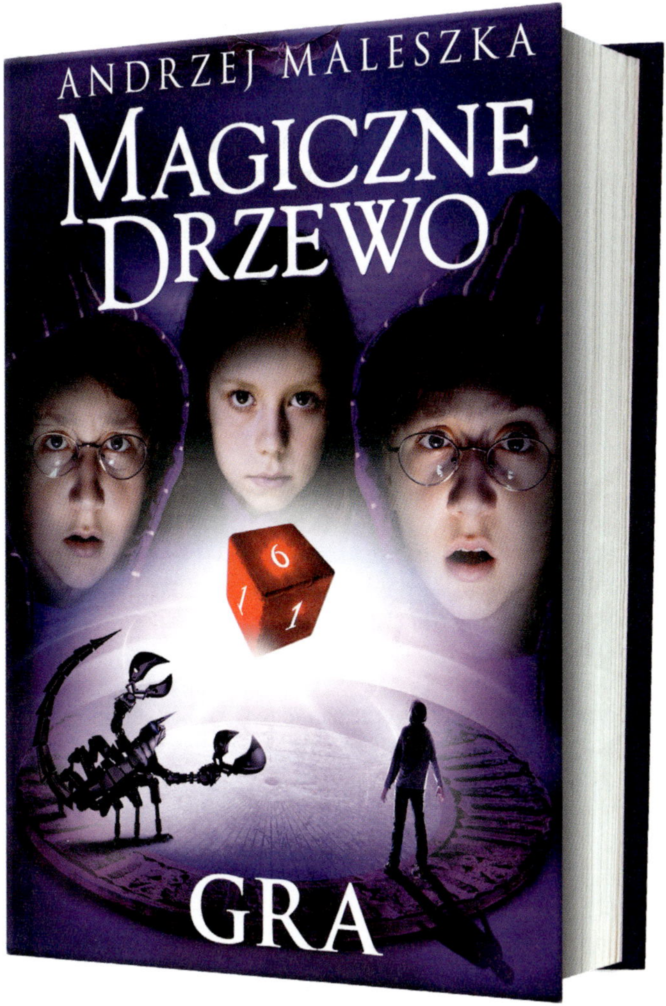
ANDRZEJ MALESZKA
MAGICZNE DRZEWO
GRA

ANDRZEJ MALESZKA

MAGICZNE DRZEWO

CIEŃ SMOKA

NIEOSTROŻNY CZAR WYWOŁUJE Z GŁĘBIN MORZA SMOKA WRAZ Z ARMIĄ OLBRZYMICH STWORÓW. BOHATEROWIE MUSZĄ STOCZYĆ Z NIMI WALKĘ, BY SMOK NIE RZUCIŁ NA ŚWIAT SWEGO CIENIA. POKONAĆ GO MOŻNA TYLKO DZIĘKI FIGURCE Z MAGICZNEGO DRZEWA. FIGURKA ZMIENIA SIĘ W ISTOTĘ OBDARZONĄ NIEZWYKŁĄ MOCĄ. ALE MA ONA TEŻ NIEBEZPIECZNE CECHY... KUKI, GABI I BLUBEK WYRUSZAJĄ DO PODWODNEGO ŚWIATA NA NAJTRUDNIEJSZĄ ZE SWYCH WYPRAW.

ANDRZEJ MALESZKA
MAGICZNE DRZEWO
CIEŃ SMOKA

ANDRZEJ MALESZKA

MAGICZNE DRZEWO

ŚWIAT OGROMNYCH

Bohaterowie zostają przeniesieni do Świata Ogromnych. Muszą żyć wśród olbrzymów i chodzić do szkoły z gigantycznymi dziećmi. Są jedynymi małymi istotami w świecie, gdzie wszystko jest ogromne, a każdy pragnie być największy. Walczą z wielkimi stworami, potężnym Gigunem i z pokusą, aby zmienić się w Ogromnych. By powrócić na Ziemię, muszą odnaleźć tajemnicze puzzle, które otwierają drogę do świata ludzi.

FACEBOOK.COM/SERIAMAGICZNEDRZEWO

WWW.MAGICZNEDRZEWO.COM

ANDRZEJ MALESZKA
MAGICZNE DRZEWO
ŚWIAT OGROMNYCH

ANDRZEJ MALESZKA

MAGICZNE DRZEWO

INWAZJA

Olbrzymy ze Świata Ogromnych przybyły do miasta, a magiczny przedmiot uśpił wszystkich mieszkańców. Alik, Idalia i mówiący pies muszą samotnie walczyć z ogromnymi żołnierzami i wielkim Gigunem. W uśpionym mieście znajdują drewniany łuk i strzały o niezwykłej mocy. Wygrają, jeśli użyją ich we właściwy sposób...

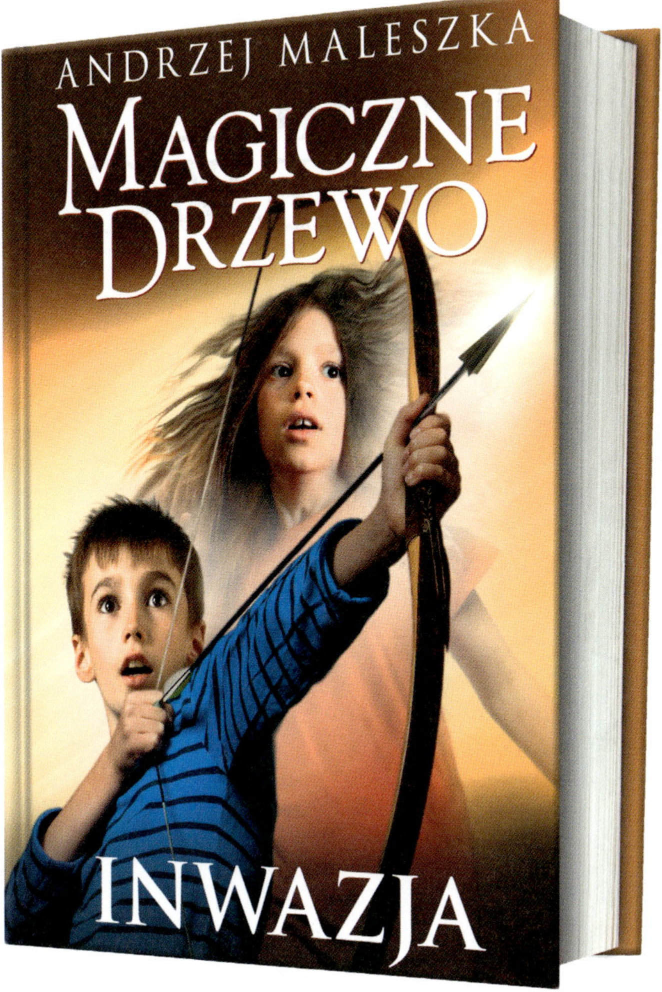
ANDRZEJ MALESZKA
MAGICZNE DRZEWO
INWAZJA

ANDRZEJ MALESZKA

MAGICZNE DRZEWO

BERŁO

Bohaterowie zdobywają berło, które daje władzę nad ludźmi, zwierzętami i przedmiotami. Groźni przestępcy porywają berło, a z nim Idalię i Alika. Tworzą straszliwego robota, który ma pozbawić świat elektryczności. Wszędzie gasną światła i przestają działać urządzenia. Kuki, Gabi, Blubek i mówiący pies wyruszają walczyć z pożeraczem prądu. Jednak trudno go odnaleźć, bo robot potrafi zmieniać się w chłopca...

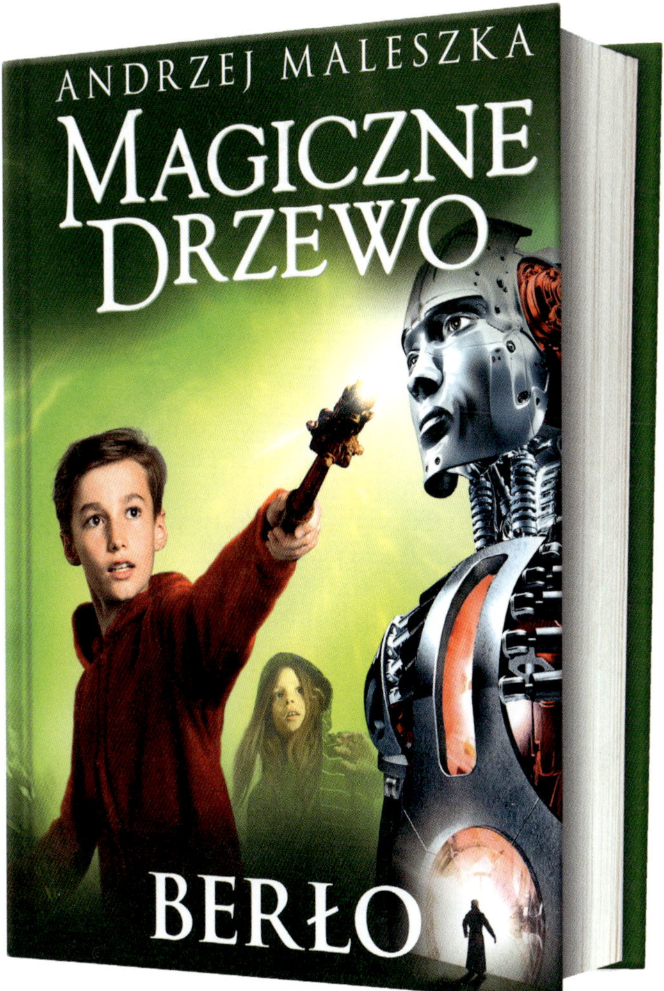
ANDRZEJ MALESZKA
MAGICZNE DRZEWO
BERŁO

ANDRZEJ MALESZKA

BOHATEROWIE MAGICZNEGO DRZEWA

PORWANIE

Porwano Budynia, jedynego psa na świecie, który umie mówić. Treser Gerard Kron zmusza go do występów na pokazach Szkoły Posłusznych Psów. Budyń i szczeniak Muki uciekają dra-kulą, magicznym pojazdem. Ściga ich treser i zdradziecki kameleon Prodo. Gdy Prodo psuje dra-kulę, uciekinierzy lądują w bardzo niebezpiecznym miejscu...

Bohaterowie Magicznego Drzewa to nowa seria powieści. Powstaje równolegle z bestsellerowym cyklem *Magiczne Drzewo*. Każdy tom opowiada o nieznanych przygodach jednej z postaci *Magicznego Drzewa*: Kukiego, Gabi, Alika, Idalii i innych. Bohaterem pierwszego tomu jest mówiący pies Budyń.

ANDRZEJ MALESZKA
BOHATEROWIE
MAGICZNEGO
DRZEWA
PORWANIE